AF564296

Extrait du Catalogue des Livres d'assortiment qui se trouvent chez BARBA, *Libraire, au Palais-Royal, galerie derrière le Théâtre-Français, n.° 51.*

Ouvrages de madame De Genlis.

Adèle et Théodore, 4 v. in-12. 10 f.
Annales de la Vertu, 5 v. in-12 10 f. 50 c.
Le Siége de la Rochelle, 2 v. in-12. 5 f.
Sainclair, in-18. 1 f.
Les Chevaliers du Cygne, 3 v. in-12. 7 f. 50 c.
Le comte de Corke, 2 v. in-12. 3 f. 60 c.
Discours moraux, in-8. 4 f.
La duchesse de la Vallière, 2 v. in-12. 4 f.
Herbier moral, ou Recueil de Fables nouvelles, in-12. 2 f.
Leçons d'une Gouvernante, 2 v. in-8. 10 f.
Mademoiselle de Clermont, in 18. 1 f. 20 c.
Les Mères rivales, 4 v. in-12. 7 f. 50 c.
Les Monumens religieux, ou Description des Monumens religieux, in-8. 3 f. 60 c.
Nouvelle méthode d'enseignement pour la première enfance, in-12. 2 f. 50 c.
Nouveaux contes moraux, et Nouvelles historiques, 6 v. in-12. 15 f.
Nouvelles Heures cacholiques à l'usage de l'enfance, in-18. 1 f. 20 c.
Petit La Bruyère, in-12. 2 f. 50 c.
Les petits Emigrés, ou Correspondance de quelques enfans, 2 v. in-12. 5 f.
La Philosophie chrétienne, in-12. 2 f.
Souvenirs de Félicie L**, in-12. 2 f. 50 c.
La suite des Souvenirs de Félicie, in-12. 2 f. 50 c.
Théâtre de société, 2 v. in-12. 5 f.
Les Veillées du Château, 3 v. in-12. 7 f. 50 c.
Les Vœux téméraires, ou l'Enthousiasme, 3 v. in-12. 5 f.
Alphonsine, ou la Tendresse maternelle, 3 v. in-12. 9 f.
Madame de Maintenon, 2 v. in-12. 4 f.

OEuvres de J. Delille.

Les Jardins, ou l'Art d'embellir les paysages, in-18, papier fin gr. raisin, 4 fig. 3 f. 50 c.
L'Homme des Champs, ou les Géorgiques françaises, in-18, pap. fin gr. raisin, 4 fig. 3 f. 50 c.
Dithyrambe sur l'immortalité de l'âme, in-18, pap. fin gr.-raisin, fig. 1 f. 50 c.
La Pitié, poëme en quatre chants, in-18, pap. fin gr.-raisin, 1 fig. 2 f. 50 c.
Poésies fugitives, in-18, pap. fin grand-raisin, fig. 3 f.
Les Géorgiques de Virgile, in-18, pap. fin gr.-raisin, 5 fig. 3 f. 50 c.
L'Enéide, traduite en vers français, avec des remarques sur les beautés du texte, in-18, avec le texte, 4 gr. vol. pap. fin grand-raisin, 4 fig. 14 f.
Le Paradis perdu de Milton, trad. en vers franç., avec les remarques d'Addisson, in-18, sans le texte, pap. fin gr. raisin, 3 fig. 10 f.
L'Imagination, poëme en 8 chants, 2 v. in-18, pap. fin, gr. raisin, 2 fig. 7 f.

OEUVRES DE PIGAULT, 44 vol. in-12. 84 fr.

Cuisinier (le) Impérial, ou l'Art de faire la cuisine et la Pâtisserie pour toutes les fortunes, avec la manière de servir une table depuis vingt jusqu'à soixante couverts; troisieme édition, revue et corrigée par l'auteur, augmentée d'un grand nombre d'articles, concernant l'office, et suivie d'une table plus étendue et mieux ordonnée que la première, par A. Viard, homme de bouche, in-8. 6 f.

Le Secrétaire de la Cour Impériale, ou Modèles de Placets, Pétitions et Lettres adressés à l'Empereur, à l'Impératrice, aux membres de la famille Impér., aux grands dignitaires, aux ministres, au grand-juge, aux maréchaux d'empire, aux sénateurs, etc., etc. Précédé d'une notice sur l'étiquette, et suivi de modèles de lettres sur divers sujets. 1 vol. in-12. 2 fr.

Nouveau Savant de Société, divisé en deux parties, la première contenant tous les jeux de société, la seconde un recueil de cent dix tours; par M. de Cœur-Joly, auteur du Nouveau Comus, 2 gros vol. in-12, ornés de 13 figures. 6 fr.

Histoire de Napoléon I.er, Empereur des Français, depuis sa naissance jusqu'à la paix de Tilsitt, 5 vol. in-12, ornés des Portraits de Leurs Majestés impériales et royales. 15 fr.

Amour et Scrupule, 4 vol. in-12. 8 fr.

Dictionnaire abrégé des Mythologies de tous les peuples policés ou barbares, tant anciens que modernes, augmenté d'un nombre considérable d'articles concernant les divinités et les cérémonies du culte public des Persans, des Scandinaves, des Borrussiens ou anciens Prussiens, des Celtes, des Gaulois, des Japonois, des Chinois, des Tartares, etc., qui ne se rencontrent dans aucun autre abrégé des Mythologies; 2 gros vol. in-18, imprimés sur grand-raisin. 6 f.

La Navigation, poëme en six chants, par J. Esmenard, deuxième édition, in-18, 2 fig. 6 f.
  Vélin. 14 f.

Le Printemps d'un Proscrit, poëme en trois chants, précédé d'une dissertation sur l'origine et le caractère distinctif de la poésie descriptive, et suivi de plusieurs lettres sur la Pitié, adressées à M. Delille par M. Michaud; quatrième édition, considérablement augmentée, petit in-8. pap. vél. cart. fig. 6 f.

OEuvres de J. Berchoux.

La Danse, ou les Dieux de l'Opéra, poëme héroï-comique en six chants, in-8. grand-raisin fin, fig. 3 f.

La Gastronomie, ou l'Homme des Champs à table, poëme didactique en quatre chants, orné de jolies figures, grand raisin fin, 4 fig. 3 f. 50 c.

OEuvres de madame Cottin.

Elisabeth, ou les Exilés de Sibérie, 2 v. in-12. 4 f.
Amélie Mansfield, 3 v. in-12. 6 f.
Claire d'Albe, in-12. 2 f. 50 c.
Malvina, 3 v. in-12. 6 f.
Mathilde, mémoires tirés de l'histoire des croisades, 6 v. in-12. 12 f.

L'ASSEMBLÉE
DE FAMILLE.

PRIX.

Sur carré fin. . . . . 2 f. 50 c.

Il a été tiré quelques exemplaires sur papier vélin. Ils se vendent . . . . 5 »

De l'Imprimerie d'A. EGRON, rue des Noyers, N.° 49.

L'ASSEMBLÉE DE FAMILLE,

COMÉDIE
EN CINQ ACTES ET EN VERS,

PAR Mr. F. RIBOUTTÉ,

REPRÉSENTÉE POUR LA PREMIÈRE FOIS SUR LE THÉATRE FRANÇAIS PAR LES COMÉDIENS ORDINAIRES DE L'EMPEREUR ET ROI, LE 26 FÉVRIER 1808.

Quia egens relicta est misera, ignoratur parens;
Neglegitur ipsa.

Parce qu'elle est demeurée pauvre et misérable, on ne veut pas reconnaître son père, et on la méprise.

TER. Pho. act. 2.

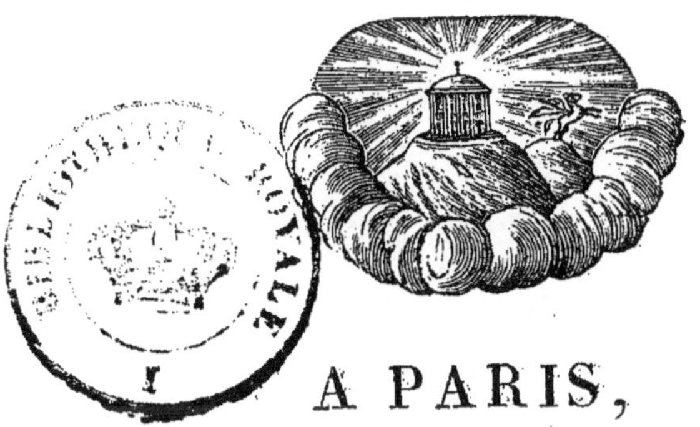

A PARIS,
CHEZ J. N. BARBA, LIBRAIRE,
PALAIS-ROYAL, No. 51.
M. DCCCVIII.

ÉPÎTRE DÉDICATOIRE

A MADAME,

MÈRE DE S. M. L'EMPEREUR ET ROI.

MADAME,

QU'IL est flatteur pour moi, lorsque j'entre dans une carrière difficile et semée de tant d'écueils, de me voir honoré de la puissante protection de VOTRE ALTESSE IMPERIALE ! d'attacher à ce faible ouvrage, le nom de la mère bien aimée du

Chef Auguste de l'Empire Français ! Sujet ignoré, perdu dans la foule immense d'un peuple orgueilleux des grandes actions de votre Fils magnanime, de ce héros législateur, dont le génie a marqué toutes les institutions du sceau de la gloire et de la vertu, ai-je donc assez fait, MADAME, pour mériter cette extrême faveur de VOTRE ALTESSE IMPERIALE? Quels sont mes titres à tant de bienveillance? Une simple Comédie de mœurs.

VOTRE ALTESSE IMPERIALE a donné des larmes à mon orpheline; elle a trouvé le sujet de l'*Assemblée de Famille*, simple, moral et digne du Théâtre-Français: ces éloges flatteurs, nés d'un cœur indulgent, m'ont consolé, MADAME, de toutes les peines secrètes qui se mêlent trop souvent aux jouissances d'un succès. Honoré de cette glorieuse récompense, qu'il me sera doux, MADAME, de consacrer tous les instans de ma vie à défendre la cause des mœurs et du malheur! Comment un écrivain qui ne les respecterait pas dans ses ouvrages, pourrait-il espérer d'intéresser VOTRE ALTESSE IMPERIALE, dont la touchante sensibilité protège l'indigent et l'orphelin ; qui, du sein de toutes les grandeurs humaines, aime à verser des consolations dans le cœur des affligés, à descendre dans les asiles pieux, refuge de l'infortune ; asiles naguère tombés en ruines, et relevés, sous vos auspices, par la volonté toute-puissante du plus grand des Souverains, dont l'avenir unira les triomphes et les bienfaits ?

Le temps détruit les monumens, les chefs-d'œuvres des arts, le marbre, l'airain, et même les pages de l'histoire ; mais il respecte les traditions du cœur. Qu'il est beau de voir un Monarque si grand par ses pensées, entouré de tous les attributs de la gloire, signer de la même main, l'ordre d'une bataille d'où dépend le sort des nations, et le décret qui va soulager l'humanité souffrante !

Ah ! quelles illustres destinées attendent les peuples soumis aux lois d'un Prince si généreux ! Mais que dis-je ? quelles illustres destinées sont promises à tous les peuples de la terre ! Le GRAND NAPOLÉON, par son Code immortel, sera le Législateur du monde ! Les Rois amis de leur sujets, les nations sensibles aux charmes de la vie sociale, adopteront un code si tutélaire, si prévoyant, qui développe tous les sentimens moraux dont la nature a semé les germes dans le cœur des hommes ; qui oppose, avec douceur, le frein de la morale aux passions humaines, et dont la bienfaisante harmonie établit les rapports les plus doux entre les pères, les enfans, les époux, les amis, les sujets et les Souverains.

Que VOTRE ALTESSE IMPÉRIALE doit se glorifier, en songeant que l'humanité tient, de son Auguste Fils, le plus noble des bienfaits, et que l'avenir conservera religieusement son image, comme le palladium des lois, des mœurs, de la durée des Empires, et du bonheur des peuples.

J'ai l'honneur d'être ave une profonde vénération,

MADAME,

DE VOTRE ALTESSE IMPÉRIALE,
le très-humble, très-respectueux, et très-dévoué serviteur,

RIBOUTTÉ.

NOTICE.

En 1805, me trouvant dans une ville de province, j'entendis plaider la cause d'une veuve que des parens avides voulaient chasser du toit conjugal, parce que son mari n'avait garanti, par aucun titre, les droits de la compagne de sa vie. La solennité de cette cause, la douceur et les larmes de cette veuve intéressante, la joie et la dureté de ceux qu'elle avait accueillis, le mépris de ces ingrats pour la mémoire d'un parent généreux, tout fit naître dans mon âme, le besoin de corriger, par une action dramatique, les pères, les époux, les amis, qui, dans leur coupable insouciance, ne songent jamais à l'avenir : tant qu'ils vivent, ils consolent, par des bienfaits, l'amitié malheureuse; ils honorent les nœuds de l'hymen par les soins les plus doux; mais, descendent-ils au cercueil, ils laissent dans l'infortune tous les êtres dont ils étaient les bienfaiteurs.

Je désirais depuis long-temps entrer dans la carrière dramatique par une comédie de mœurs : ce sujet me parut offrir d'heureux contrastes; mais, persuadé que les malheureux intéressent en raison de leur faiblesse, je choisis pour personnage principal de ma pièce, une jeune orpheline ingénue, bonne, sensible, élevée au sein des champs, et de qui l'on pût dire :

L'amour n'est dans son cœur qu'une amitié plus tendre (1).

« La simplicité qui prend sa source dans la pureté » des mœurs, est candeur : si à la candeur se joint une » innocence peu éclairée, qui croit que tout ce qui est » naturel est bien, c'est ingénuité. Elle est une qualité » de l'âme, qui se montre telle qu'elle est, parce qu'elle » croit n'avoir rien à dissimuler ni à feindre. Elle fait » avouer tout ce qu'on sait et tout ce qu'on sent. »

D'après cette définition d'un auteur célèbre, on voit que ce n'est pas au sein de nos sociétés que je pouvais apercevoir les sentimens dont la réunion forme le caractère d'une ingénuité : il fallait consulter le cœur humain encore dans toute sa pureté, pour trouver les réponses naïves, l'heureuse ignorance, le désintéressement, et l'amitié délicate et prévenante de mon Angélique.

Quant à la manière d'exprimer, de nuancer les pensées de ce caractère, de les rendre scéniques, de leur donner quelques charmes, de leur prêter tout à la fois cette aimable gaîté qui plaît, et cette sensibilité qui touche, comme l'imitation de la belle nature est une règle de l'art dramatique, avouée par le goût, j'ai pris pour modèle le talent de Mlle Mars. Douée d'une

(1) Vers qui se trouve dans l'ouvrage.

grâce charmante, d'un organe enchanteur, de l'heureux don de plaire; cette actrice si chère au public a deviné les secrets de son art, tous les moyens d'intéresser, d'aller au cœur, d'être toujours nouvelle et toujours plus parfaite. Si le rôle d'Angélique a reçu quelques éloges, s'il les a mérités, je lui dois un juste tribut de reconnaissance; je ne veux pas, pour flatter mon amour-propre, manquer au plus doux des sentimens.

Les personnages de Valmont, de Forlis, d'Araminthe et de Rosine étaient indiqués par le sujet. Les effets dramatiques naissent des contrastes. Mais, pour ne pas affaiblir l'intérêt de l'ouvrage, je me suis fait un devoir de ménager les couleurs de ces caractères. S'ils eussent été prononcés avec plus de force, l'indignation aurait peut-être arrêté les larmes du spectateur.

A l'égard du caractère de l'oncle, j'avais la liberté du choix. Je pouvais dénouer mon ouvrage de différentes manières, faire de Blainvil un personnage doux ou brusque dans sa franchise; mais comme j'avais entendu mille fois, des hommes distingués par leurs talens et même par l'élévation de leur âme, accuser le sort au premier moment de revers, répéter qu'on est heureux de ne tenir à rien, et se dégager, d'après ce principe faux en morale, des devoirs les plus chers à l'humanité, j'eus l'ambition de développer le danger d'un système qui tend à briser les liens de la société: le temps ne se charge-t-il pas d'adoucir, de calmer nos regrets, et même d'effacer les souvenirs qui pourraient troubler notre existence? J'analysai les affections de l'âme, et je me persuadai qu'en opposant les peines de la vie à ses jouissances, il était possible de tracer un caractère neuf et singulier : je pensai qu'il serait consolant pour les êtres sensibles de voir un homme bon, vertueux, malheureux par système, environné d'ingrats, céder par degrés aux sentimens de l'amitié, et reprendre ses aimables chaînes, en voyant couler les larmes, en recevant les adieux d'un enfant encore doué de toutes les vertus primitives. Il a fallu la chaleur de M. Fleury, la vérité de son talent, la finesse de ses aperçus dramatiques, pour ménager les transitions de ce caractère, et le dégager de cette âpreté sauvage si naturelle à l'homme qui craint de vivre avec ses semblables. Il fait rire et pleurer en même temps ; sa gaîté naît de son cœur ; je me plais à rendre un hommage public à la manière profonde et bien sentie dont il a créé ce rôle difficile, et je m'estimerais heureux de citer tous les témoignages d'amitié dont il m'a comblé, si les dettes du cœur ne devaient pas rester secrettes.

MM. Dazincourt, Damas, Armand, Michaud, Lacave, mesdames Devienne, Méseray et Bourgoing, m'ont honoré de leurs talens avec une affection particulière. Le zèle seul a formé dans ma pièce la réunion des acteurs les plus distingués du premier théâtre de l'Europe.

Je dois de vifs remercîmens à mademoiselle Raucourt qui, dans cette circonstance, m'a donné de nouvelles preuves de son goût et de son amitié.

Je n'entrerai dans aucun détail sur la contexture de cette comédie : elle est du genre simple. J'ai puisé ce goût pour la simplicité, dans les excellentes dissertations de Racine sur l'art dramatique. Combien Menandre (dit-il en parlant de Plaute) était-il encore plus simple, puisque Térence est obligé de prendre deux comédies de ce poète pour en faire une des siennes! Les observations critiques, que l'on a distinguées depuis quelques années, ont toujours vanté cette simplicité qui donne tant de prix aux ouvrages des anciens. Tout être sensible aux charmes des beaux-arts, aime à la retrouver dans la Peinture, dans la Sculpture, dans la Musique et dans la Poésie. En étudiant les progrès de l'art dramatique chez tous les peuples et dans tous les temps, on voit que les poëmes sont d'autant plus simples, que le langage est plus épuré. Une action simple (dit encore Racine) doit être soutenue de la beauté des sentimens et de l'élégance de l'expression : j'ai fait tous mes efforts pour suivre les préceptes de ce grand maître ; mais une tâche si difficile était trop au-dessus de mes faibles talens.

FIN DE LA NOTICE.

PERSONNAGES.	ACTEURS.
	MM.
BLAINVIL, oncle d'Angélique, homme sensible........................	Fleury.
VALMONT, cousin d'Angélique, fat de Paris..............................	Damas.
VALÈRE.... *Id*...... officier........	Armand.
FORLIS..... *Id*...... banquier.......	Michot.
DORVAL, notaire de Lyon..........	Lacave.
FABRICE, valet de Blainvil..........	Dazincourt.
	MMes
ANGÉLIQUE, de la plus grande ingénuité..............................	Mars.
ARAMINTHE, cousine d'Angélique, coquette adroite.....................	Méserai.
ROSINE..... *Id*..... indifférente.....	Bourgoin.
THÉRÈSE, gouvernante d'Angélique..	Devienne.

L'ASSEMBLÉE DE FAMILLE.

ACTE PREMIER.

La scène représente un salon d'été donnant sur la campagne : différentes portes communiquent à des appartemens opposés. Une porte donne de plein pied sur le jardin. Il y a dans le salon des bustes, un bureau sur lequel sont des livres, etc....

(Les femmes sont en négligé du matin.)

SCÈNE PREMIÈRE.

VALÈRE, THÉRÈSE.

THÉRÈSE.

C'est vous, monsieur Valère ! un triste événement
Vous éloigne aujourd'hui de votre régiment ;
Vous venez consoler notre jeune orpheline.

VALÈRE.

Un congé de huit jours, auprès de ma cousine
Me permet de rester.... Un congé de huit jours ;
C'est bien peu pour le cœur !

THÉRÈSE.

Profitez-en toujours.
Mais deviez-vous, monsieur, arriver de la sorte,
Ayant des créanciers?

VALÈRE.

Ah! l'amitié l'emporte.
(Il regarde autour de lui)
Je retrouve des lieux où dès mes jeunes ans,
D'un oncle j'ai reçu mille soins bienfaisans.
Je ne puis oublier ses bontés, sa tendresse,
Ni les égaremens de ma folle jeunesse.
Mais parlons d'Angélique : en de si grands malheurs
Le tems a-t-il calmé ses regrets et ses pleurs?

THÉRÈSE.

Elle paraît avoir plus de mélancolie :
Son père était vraiment le bonheur de sa vie.

VALÈRE.

A son âge, courir tous les hasards des mers!

THÉRÈSE.

Je crois que l'homme riche a besoin de revers.
Il n'est jamais content.... Lorsqu'il a fait naufrage,
Il entrait à Boston.

VALÈRE.

Mais pourquoi ce voyage?
Pourquoi quitter sa fille, heureuse près de lui,
A peine en son printems, ayant besoin d'appui?

THÉRÈSE.

Pour prendre un intérêt dans une affaire immense.
Selon lui le bonheur était dans l'espérance,
Et toujours son esprit, turbulent, inquiet,
Au projet de la veille ajoutait un projet.

VALÈRE.

Sa mémoire à jamais doit nous être bien chère,
Il n'était que notre oncle, et nous servait de père.

THÉRÈSE.

Deviner vos besoins était son seul plaisir.

VALÈRE.

Des dons qu'il nous offrait il croyait s'enrichir;
Il nous sera bien doux de consoler sa fille.

THÉRÈSE.

Vous êtes informé que toute la famille
Doit se rendre à Lyon?

VALÈRE (montre une lettre).

J'ai reçu cet avis
Du notaire Dorval.

THÉRÈSE.

Vos cousins de Paris
Sont arrivés. . . . Afin de montrer plus de zèle,
De les mieux recevoir, la jeune demoiselle
A desiré qu'aux champs ils fissent leur séjour :
Cette maison est vaste, et l'on peut, chaque jour,

Sans blesser les devoirs, nés de la circonstance,
Les tempérer un peu par quelque jouissance.
Ce sont d'aimables gens qui se trouvent heureux,
De prévenir ses goûts, et de flatter ses vœux.
(Dorval paraît de loin.)
Voici monsieur Dorval.... ensemble je vous laisse,
Et je vais d'Angélique adoucir la tristesse,
En nommant son cousin.

VALÈRE (empressé).

Quand pourrai-je la voir?

THÉRÈSE.

Dans un moment, monsieur.

VALÈRE.

C'est mon plus doux espoir.

THÉRÈSE (à Dorval qui entre, en lui faisant voir Valère).

Il arrive à l'instant.

(Elle sort.)

SCÈNE II.

VALERE, DORVAL.

DORVAL.

Eh bon jour, capitaine!

VALERE.

Je le suis en effet.

DORVAL (regarde les épaulettes).

Cela se voit sans peine.
C'est un grade très-beau pour un jeune guerrier.

VALERE.

Au combat j'ai le droit de marcher le premier.
Par un desir ardent, mon âme est enflammée,
C'est d'être général, de conduire une armée.

DORVAL (étonné).

Quoi! vous ne jouez plus?

VALERE.

J'ose vous l'assurer.

DORVAL.

Mais vous devez toujours?

VALERE.

Non, je puis le jurer....
Je dis au régiment.... car pour être sincère,
Avec vous de mes torts je ne fais point mystère.
Le jeu quelques instans avait pu m'égarer,
Mais je suis jeune encore, et veux tout réparer.

DORVAL.

D'après ce que j'entends, la réforme est complète.

VALERE.

Je déteste le jeu, ne fais pas une dette:
Je connais mon *César*, et j'ai relu vingt fois,
De nos grands généraux les immortels exploits.

DORVAL.

Vous aimerez la gloire et je m'en félicite;
Un cœur noble est garant d'une bonne conduite.
J'ose donc en ce jour, compter sur votre cœur :
D'un être malheureux, soyez le protecteur.

VALERE.

Je ne vous comprends point... je cherche... j'imagine;
Qui puis-je protéger ?

DORVAL.

Votre chère cousine.

VALERE.

Angélique !... comment !

DORVAL.

Pourquoi ne pas tester !
L'homme sage, prudent, doit toujours se hâter,
Quoique dans ses beaux jours, d'honorer ceux qu'il aime :
Ah ! je ne serais pas dans une peine extrême,
Si, raisonnant ainsi, votre oncle avant sa mort,
De sa chère Angélique avait réglé le sort !
Ergaste, excellent père, ami rare et fidèle,
A laissé sans état sa fille naturelle :
Son cœur lui destinait un heureux avenir,
Et de ses héritiers elle doit tout tenir.

VALERE.

Quoique votre billet m'ait touché jusqu'aux larmes,
J'étais loin de prévoir vos craintes, vos alarmes.
Il s'agit, disiez-vous, de nommer un tuteur.

DORVAL.

Toute votre famille est encor dans l'erreur.
Pour la rendre sensible au destin d'Angélique,
J'ai conçu le projet d'user de politique;
De rassembler ici tous les proches parens :
Les hommes réunis sont moins indifférens;
Ils veulent tous avoir un bon cœur en partage :
Une fois divisés, c'est un autre langage.

VALERE.

Croyez que ma famille. . . .

DORVAL.

Assez adroitement,
J'ai parlé de bienfaits, de legs, de testament :
Ils sont tous assurés, si j'en crois l'apparence,
Qu'il leur revient un don de certaine importance;
Mais que notre orpheline hérite pour toujours
Des grands biens, des trésors de l'auteur de ses jours.

VALERE.

Vous ignorez, monsieur, quels sont leurs caractères?

DORVAL.

J'ai des renseignemens que je crois très-sincères :
Valmont est d'un esprit adroit, souple, flatteur;
Dans le monde il jouit d'une grande faveur,
Et, sans fortune, il vit dans la magnificence :
Le portrait d'Araminthe a peu de différence;
Sa sœur suit en tout point ses ordres absolus;
C'est un tableau bien froid : ni vices, ni vertus.
Pour Forlis, le travail est son goût ordinaire.

VALERE.

On l'estime beaucoup parmi les gens d'affaire.

DORVAL.

Mais il tient à l'argent : défaut essentiel,
Qui ternit, par dégrés, le meilleur naturel.

VALERE.

Et notre oncle Blainvil, cet homme un peu sauvage,
Qui vit loin des humains, dans un simple héritage,
Doit-il venir, monsieur ?

DORVAL.

Je l'attends aujourd'hui.

(En montrant les bustes et les livres.)

Tout ce que vous voyez est arrangé pour lui.

VALERE.

Il s'est fait un systême, une philosophie,
De rompre les liens qui charment notre vie;
Dans son isolement, il trouve son bonheur,
Et ses parens jamais n'entrèrent dans son cœur.

DORVAL.

Avec légèreté vous en parlez, Valère :
Blainvil fut bon ami, bon époux, tendre père;
Mais un événement le priva, pour toujours,
Des êtres qui faisaient le bonheur de ses jours :
Certain que l'amitié n'offre rien de durable,
Quoique d'un naturel assez gai, très-affable,
Et digne de former les nœuds les plus chéris,
Il vit, depuis quinze ans, isolé, sans amis :

Il est très-résolu, tel est son caractère,
De ne plus s'attacher, de vivre en solitaire.
Dès qu'il est entraîné par le cri de son cœur,
Il devient inquiet, souvent brusque et grondeur.
Au surplus, il arrive, et je tiens une lettre
Qui le peint trait pour trait..... Lisez

(Il remet une lettre à Valère.)

VALERE (lit).

« Monsieur, vous étiez le notaire d'Ergaste. Je vous donne » avis que je quitte mes montagnes pour me rendre à l'as- » semblée de famille. Ma présence est nécessaire, indispen- » sable. J'arriverai demain jeudi; mais je veux repartir sans » délai : c'est ma condition. L'affaire la plus importante ne » vaut pas une journée de la vie d'un homme Ici j'habite » au milieu de la nature, et je ne suis troublé ni par les » sottises du siècle, ni par les faiblesses de mon cœur. »

BLAINVIL.

Que se promettre
D'un écrit aussi froid?

DORVAL.

Attendons tout du temps :
Il dévoile à nos yeux des secrets importans.

SCENE III.

VALÈRE, DORVAL, THÉRESE.

VALERE (avec vivacité à Thérèse).

ANGÉLIQUE?....

THÉRESE.

Elle vient au gré de votre attente;
Autant que vous, monsieur, elle est impatiente.

DORVAL.

Eh bien! les étrangers comblent-ils vos souhaits?

THÉRESE.

Ils sont bons, généreux, très-empressés, parfaits,
Enchantés d'Angélique.... et dès cette journée,
On doit fixer, monsieur, l'instant de l'hyménée,
Forlis est à Lyon.

DORVAL (à Valère).

Vous savez les projets?

VALERE.

Oui, Forlis a reçu le plus grand des bienfaits!
Très-peu de jours avant ce funeste voyage,
Mon oncle lui promit sa fille en mariage.

DORVAL.

Si d'un oncle, d'un père, il respecte les vœux,
Il peut à sa cousine offrir un sort heureux.
Elle aurait tous les fruits d'un brillant hyménée:
Mais si par l'intérêt son âme est entraînée;
S'il renonce à sa main....

THÉRESE (étonnée).

Délaisser aujourd'hui,
La fille d'un parent qui faisait tout pour lui!
Devez-vous supposer une chose impossible?

DORVAL.

L'ambition de l'or rend notre âme insensible.
Quoi qu'il en soit tous deux faisons notre devoir.
La famille d'Ergaste, en ce jour, doit savoir
Que des biens de son oncle elle est seule maîtresse.
Et comme à son honneur, à sa délicatesse
Le destin d'Angélique est désormais lié,
(En serrant la main de Valère.)
Pour interprète, ici, je choisis l'amitié.

VALERE.

Vous m'honorez beaucoup par cette confiance.

DORVAL.

En vous, mon cher ami, je mets mon espérance:
L'éloquence du cœur persuade aisément;
Mais il faut tempérer jusques au sentiment,
Savoir par la douceur intéresser et plaire.
Un conciliateur doit parler sans colère.
(En sortant.)
Je reviendrai ce soir: préparez mon retour.
Et si Blainvil arrive avant la fin du jour,
Comme le dit sa lettre, ayez soin, je vous prie,
De ne pas le fronder sur sa philosophie:
Respect à son systême.

(Il sort.)

SCENE IV.

VALÈRE, THÉRESE.

THÉRESE.

Oh ! ce monsieur Dorval
Soupçonne tout le monde.... Il est original.

VALERE (sans écouter).

Elle est donc sans état !... Négligence funeste !
(A Thérese.)
Son père l'aimait-il ?

THÉRESE.

Oui, monsieur, je l'atteste.
Quelquefois en riant, il me disait tout bas :
» Regarde cette enfant : qui ne l'aimerait pas ?
» Vertus, grâces, talens, elle a tout en partage ;
» Chaque jour, je le sens, je l'aime davantage. »
Et moi je répondais : « Oui, vous avez raison.
» Mais pourquoi différer de lui donner un nom ?
» La mort peut arriver : il faut toujours l'attendre ;
» A chaque instant, monsieur, elle vient nous surprendre
» Quand on a tout prévu, si l'on ferme les yeux,
» On peut servir encor des parens malheureux ;
» Le cœur a fait leur part. » Alors prenant sa fille,
La pressant sur son sein, l'appelant sa famille,

Sa consolation, le charme de ses jours,
Il promettait sans cesse, et différait toujours....
J'entends mademoiselle.

VALERE.

Ah! tout mon cœur palpite.

SCENE V.

VALERE, THÉRESE, ANGÉLIQUE.

(Angélique apporte un tableau qu'elle pose sur le bureau.)

THÉRESE (à Angélique).

Voici ce cher cousin... accourez donc bien vîte!

ANGÉLIQUE.

J'avais un grand besoin, Valère, de vous voir!

VALERE.

Mon cœur, depuis long-temps s'en faisait un devoir.

ANGÉLIQUE.

Quel langage! un devoir! Mais l'amitié, Valère,
Doit en faire un plaisir, alors qu'elle est sincère.

VALERE.

Ah! croyez, ma cousine, au plus doux sentiment.

ANGÉLIQUE.

La mémoire du cœur se perd au régiment:
Vous avez oublié les jeux de notre enfance.
Moi, dans mes souvenirs j'ai beaucoup de constance;

Ils me sont tous présens.... Ah! je songe toujours
A nos jolis projets, à vos charmans discours.

VALERE.

Les projets sont détruits.... C'est mon étourderie!
C'est ma vivacité!

ANGÉLIQUE.

Disposer de sa vie;
Quitter cette maison....

THÉRESE.

Vraiment, c'est une horreur!

ANGÉLIQUE.

Sans consulter un oncle, un tendre bienfaiteur.

THÉRESE (avec bonté).

Une jeune cousine, aimable autant que bonne.

ANGÉLIQUE.

Vous engager enfin, sans le dire à personne....
Que votre éloignement nous a causé de pleurs!

VALERE.

Ah! je suis bien puni de toutes mes erreurs!....
Forlis....

ANGÉLIQUE (embarrassée).

Forlis....

VALERE.

Son sort est bien digne d'envie:
Il pourra désormais vous consacrer sa vie.

ANGÉLIQUE.

(A Thérèse, en changeant de ton.)
J'obéis à mon père... Il faut tout préparer,
Pour que mes bons parens n'aient rien à désirer.

(A Valère.)
Ils viennent de bien loin... c'est preuve de tendresse.
(En souriant.)
Nous devons les soigner.

THÉRESE.

Pourquoi craindre sans cesse?
Lorsque je veille ici, chacun fait son devoir :
A seize ans, l'on désire; à trente, on sait prévoir;
J'ai réglé tout au mieux.... Alors qu'on a du zèle,
Mille soins de détail sont une bagatelle.

ANGÉLIQUE (à Thérèse).

Excuse-moi.

THÉRESE.

Peut-on se fâcher contre vous?

ANGÉLIQUE (sourit).

(A Valère, en lui faisant examiner les bustes et les fleurs.)
Mon oncle doit aussi demeurer avec nous.
J'ai fait placer, ici, ces bustes : il les aime;
Aux plus faibles détails, j'ai présidé moi-même.
Quelqu'un de fort instruit m'a dit secrètement,
De l'endroit qui lui plaît, l'heureux arrangement,
Et j'ai voulu, cousin, près de ce lieu champêtre,
Qu'au moins, en quelque chose, il pût le reconnaître.

(Thérèse et Angélique arrangent le tout.)

THÉRESE.

Le papier, l'écritoire et le fauteuil à bras;
Ses livres favoris.

ANGÉLIQUE. (Elle prend le tableau de son père, et le pose sur une cheminée, après l'avoir embrassé.)

Surtout n'oublions pas

(En le contemplant.)

De mettre ce portrait.... Vous le voyez, Valère,
Du meilleur des amis et du plus tendre père,
Voilà ce qui nous reste!

(Angélique et Valère paraissent attendris.)

SCÈNE VI.

ANGÉLIQUE, VALERE, THÉRÈSE, ARAMINTHE, ROSINE.

(Rosine est très-froide, et Araminthe très-empressée.)

ARAMINTHE (sans apercevoir Valère).

Eh! bon jour, chère enfant!

(Angélique sourit, les yeux encore humides de larmes.)

Quel souris gracieux! et quel regard charmant!

ANGÉLIQUE.

Mais vous êtes trop bonne!

ARAMINTHE (avec une fausse douceur).

Un sommeil plus paisible
A-t-il un peu calmé cette âme trop sensible?
A-t-il fermé ces yeux?

ANGÉLIQUE (abusée).

Cousine, près de vous,
Mon cœur est plus heureux, mon sommeil est plus doux.

ARAMINTHE (aperçoit Valère).

Et quel est ce monsieur ?

ANGÉLIQUE.

C'est mon cousin Valère.

ARAMINTHE.

Avoir dans sa famille un brave militaire,
C'est vraiment un bonheur !... Durant notre séjour
Nous irons visiter tous les lieux d'alentour.
(A Angélique.)
Vous viendrez avec nous.

ANGÉLIQUE.

Dans cette solitude
Vous plaisez-vous un peu ?... Moi, j'en ai l'habitude.

ARAMINTHE.

Près de vous tout est bien.

ANGÉLIQUE.

Lorsque de bons parens
M'accordent quelques jours, sur leurs cœurs indulgens
J'ai besoin de compter.

ARAMINTHE.

Cousine, quelle enfance !
Mais pouvez-vous parler de crainte, d'indulgence ?
L'amitié nous rassemble.

ANGÉLIQUE.

Oh! oui, c'est l'amitié!
Par ce doux sentiment mon père était lié :
Tout n'est-il pas commun au sein d'une famille ?
Me disait-il sans cesse.

ARAMINTHE.

Et je vois que sa fille
De ces principes purs garde le souvenir.

ANGÉLIQUE.

N'est-ce pas un bonheur d'aider, de prévenir,
De chérir ses parens ?

ARAMINTHE (en la flattant).

Quel aimable langage !

ANGÉLIQUE.

Je n'aurai jamais rien qui ne soit leur partage.

THÉRESE (bas à Araminthe).

Vous l'entendez, madame, est-ce un excellent cœur?

ARAMINTHE (à Rosine).

C'est un ange, vraiment...... parlez-lui donc, ma sœur.

ANGÉLIQUE.

Mon père vous aimait d'une égale tendresse :
En s'occupant de vous, souvent avec tristesse,

« Cousine, il me disait : tu peux me perdre un jour ;
» Tu seras seule alors ; mais compte sur l'amour
» De tous tes bons parens. » Cet amour je l'éprouve.

THÉRESE.

On a raison de dire : ici tout se retrouve,
Qui fait beaucoup d'heureux laisse beaucoup d'amis.

ANGÉLIQUE.

Vous m'accordez bien plus qu'on ne m'avait promis.

ARAMINTHE (bas à Rosine).

Ayez quelques égards, ma sœur, pourquoi vous taire ?

ROSINE (froidement).

Je ne flatte jamais : tel est mon caractère.

ARAMINTHE (à Thérèse).

(Angélique et Valère s'éloignent, et regardent le portrait d'Ergaste.)

Elle vous doit un peu son éducation.

THÉRESE.

Depuis plus de dix ans je suis dans la maison ;
(En regardant Angélique.)
Vous la trouvez sans doute encor trop ingénue :
Notre vie, en ces lieux, ne vous est pas connue :
On voit de bonnes gens dont la simplicité
Prolonge bien long-temps cette ingénuité :
Elle a passé ses jours au sein de cette terre,
Sous mes yeux.... ou plutôt sous les yeux de son père.

ARAMINTHE.

Aime-t-elle Forlis ?

THÉRESE (bien bas, à l'oreille d'Araminthe).

Ah! jusques à ce jour,
Madame, elle ignora ce que c'est que l'amour;
Elle en dit bien le mot, mais c'est sans le comprendre;
L'amour n'est dans son cœur qu'une amitié plus tendre.
Cette ignorance-là plaît à tous les maris;
On se forme assez vîte.... et surtout à Paris.

SCENE VII.

ANGÉLIQUE, VALÈRE, THÉRÈSE, ARAMINTHE, ROSINE, VALMONT.

ARAMINTHE.

Voici le cher Valmont!

VALMONT (sans voir Valère).

Eh! quoi, toutes ensemble!
Mesdames, je bénis l'instant qui vous rassemble.
Je ne m'attendais pas à trouver en ces lieux

(En les regardant les unes après les autres, Araminthe, Angélique, Rosine.)

Ce qui charme à-la-fois.... et le cœur.... et les yeux.

(Valmont donne des fleurs à Araminthe, ainsi qu'à Rosine).

ARAMINTHE.

(A Valmont.)
Vous nous abandonnez.... quelle galanterie,
Valmont!

VALMONT (à Angélique, en lui présentant une rose).

Symbole heureux des beaux jours de la vie,
Cette rose est pour vous.... daignez-vous l'accepter?

ANGÉLIQUE (avec grâce).

Votre don, mon cousin, ne peut que me flatter;
Mais la comparaison!...

VALMONT.

J'en vois la différence:
Son éclat va finir, et le vôtre commence.

ARAMINTHE (en présentant Valère).

Vous voyez un héros.

ROSINE.

Notre jeune cousin.

VALERE.

On me nomme Valère.

VALMONT.

Ah! j'en étais certain;
Au seul nom de héros, j'ai su vous reconnaître.
(Il change de ton.)
A propos.... faisons-nous un déjeûner champêtre?
Les projets tiennent-ils?... Nous aurons un beau jour.

ARAMINTHE.

Y songer, c'est vraiment nous faire votre cour;
Allons tout préparer, et partons au plus vîte.

VALMONT.

Je viens de découvrir un paysage, un site
Qui vous enchantera.

ARAMINTHE (bas à l'oreille de Valmont),
Songez à mes couplets.

VALMONT (bas à l'oreille d'Araminthe).

Un peu de solitude, et je vous les promets.

ARAMINTHE (à Angélique).

Ne perdons point de temps; venez, ma chère amie.
(bas à Valmont.)
Dites que nous l'aimons, et point de flatterie.

VALMONT (En voyant sortir Angélique, et sur le point de sortir lui-même par un côté opposé).

D'honneur, cette Angélique est un objet charmant!
Près d'elle je serais un homme à sentiment!
Que Forlis est heureux!... Recevoir en partage
Une fille céleste, un immense héritage!
Mais ne pourrais-je pas lui disputer sa main?
Le trait serait piquant et le succès certain:
Un jour réparerait quelques jours de folie,
Et peut-être l'hymen embellirait ma vie.

(Il sort.)

FIN DU PREMIER ACTE.

ACTE SECOND.

Les acteurs sont habillés avec élégance. Angélique est mise d'une manière simple.

SCENE PREMIERE.

ARAMINTHE, ROSINE.

ARAMINTHE.

Oui, vous êtes, ma sœur, d'un ridicule extrême !
Et comment voulez-vous qu'Angélique vous aime ?
Loin de la prévenir, comme nous faisons tous,
D'un air froid, dédaigneux, vous critiquez ses goûts.
Quand on a de l'esprit, Rosine, on cherche à plaire.

ROSINE (avec un air fier et un ton de hauteur).

Moi, j'ignorai toujours l'art de me contrefaire ;
Parce qu'elle est heureuse, on la flatte, ma sœur.

ARAMINTHE (en riant).

Vous ne la flattez pas.

ROSINE.

Chacun a son humeur.

ARAMINTHE.

La vôtre est singulière.... Angélique est la fille
De notre oncle.

ROSINE (très-froidement, en raillant).

Sans doute.

ARAMINTHE.

Et de notre famille.

ROSINE.

Tout comme il vous plaira.... Mille fois, à Paris,
Vous m'avez parlé d'elle avec un grand mépris,
Et vous voulez qu'ici, je l'admire, l'encense!

ARAMINTHE.

C'est votre sot orgueil!

ROSINE.

Je dis ce que je pense.

ARAMINTHE (avec ironie).

Vous pensez donc, ma sœur? Eh bien! que pensez-vous?

ROSINE.

Que le nom de cousine est un titre trop doux,
Pour le donner jamais avec inconséquence.
Songez donc qu'Angélique....

ARAMINTHE.

Ayez de l'indulgence!
Son sort est très-brillant; et vous devez savoir
Qu'un peu de politique est souvent un devoir;

L'orgueil ne mène à rien.... Quoi qu'il en soit, Rosine,
Nous désirons fêter notre jeune cousine :
Valmont fait des couplets; vous chantez à ravir,
(En flattant Rosine.)
Et j'ai compté sur vous.... Ce sera nous servir.

SCENE II.

ARAMINTHE, VALMONT, ROSINE.

ARAMINTHE (à Valmont).

Et les vers annoncés ?

VALMONT (remettant un papier à Araminthe).

Jugez ce badinage.

ARAMINTHE (le prend et le regarde).

(A Rosine.)

Le motif est charmant !.... Le reste est votre ouvrage.

ROSINE (les prend froidement).

Je vais donc les apprendre.
(Elle va du côté du jardin.)

ARAMINTHE (en la flattant).

Elle le fait, vraiment,
De la meilleure grâce.

ROSINE.

Oh! très-certainement.
(Elle sort.)

SCENE III.

ARAMINTHE, VALMONT.

VALMONT.

Elle boude, je crois.

ARAMINTHE.

Comme à son ordinaire.

VALMONT.

Ne lui trouvez-vous pas un certain caractère,
Un petit ton railleur?

ARAMINTHE.

Eh oui, je m'aperçois
Qu'elle veut raisonner.... Oh! je connais mes droits.....
Et sais la maîtriser. J'ai dix ans de plus qu'elle.

VALMONT (avec gaîté).

Y songez-vous? Dix ans! C'est une bagatelle.

ARAMINTHE.

C'est toujours quelque chose....

VALMONT.

Avec autant d'attraits,
Le temps peut s'écouler : on ne compte jamais.

ARAMINTHE. (Elle change de ton.)

Taisez-vous donc, flatteur.... Parlons de notre affaire.
Etes-vous plus instruit? Que pense le notaire?
Ici depuis cinq jours, et nous ne savons rien!

VALMONT.

La fille de notre oncle hérite de son bien;
Il faut s'en consoler.

ARAMINTHE.

Mais dans cet héritage,
Il nous revient, au moins, monsieur, quelque partage;
L'avis de ce Dorval le dit très-clairement:
Il est certain qu'Ergaste a fait un testament.
Je veux bien mettre un terme aux ennuis du veuvage,
En vous donnant ma main; de nouveau je m'engage;
Mais réfléchissez bien, Valmont!

VALMONT.

A l'avenir?
Il doit être charmant!... Je saurai prévenir
L'injustice du sort.... En bonne politique,
Il convient d'empêcher cet hymen d'Angélique,
Et d'éloigner Forlis.

ARAMINTHE.

Je ne devine pas.

VALMONT (avec finesse).

Mais alors cet enfant s'attache à tous vos pas;
Elle a besoin d'un guide: il vous est donc facile
De subjuguer son âme encor neuve et docile;

Et pour la captiver par les liens du cœur,
Au sein de l'assemblée on me nomme tuteur:
Je remplis des devoirs si chers à la tendresse;
J'administre ses biens.... dont vous êtes maîtresse;
Enfin....

ARAMINTHE.

Je vous comprends.

VALMONT.

On flatte ses désirs;
(A demi-voix.)
Je règle ses devoirs;

ARAMINTHE (avec finesse).

Je règle ses plaisirs.
N'est-ce pas abuser?...

VALMONT.

Cet hymen est contraire
A la raison, aux mœurs.... Forlis peut-il lui plaire?
Pour arriver au but, il est plus d'un détour.
De la jeune cousine on a soin chaque jour
D'éveiller l'amour-propre.... Elle est jeune, jolie;
Elle est femme, et dès-lors, de la coquetterie
Le germe est dans son âme.

ARAMINTHE.

Encore un trait malin!

VALMONT.

Eh! pourquoi le cacher? Tel est le cœur humain.

D'ailleurs, cet amour-propre est la source féconde
Qui fertilise tout sur la scène du monde....
On répand sur Forlis de ces naïvetés,
De ces aimables riens qui, partout répétés,
Passent de bouche en bouche, et sans aucun scrupule,
D'un sot très-ignoré font un sot ridicule.

ARAMINTHE.

Des bons mots, bien méchans;

VALMONT.

Surtout de la gaîté;
Elle donne, vraiment, un air de vérité
Aux propos, aux bons mots, et même à la satire;
Dans les cercles du jour, un plaisant peut tout dire:
Le trait qu'il a lancé, se glisse, s'introduit;
Il pénètre, il déchire, et chacun applaudit.

ARAMINTHE.

Vous êtes dangereux!

VALMONT.

Il faut avoir du zèle
Quand on veut subjuguer.... De grâce, allez vers elle;
Ne la laissons pas seule.

ARAMINTHE.

Et vous?

VALMONT.

Il convient mieux
De partager nos soins.... Je l'attends en ces lieux.

ARAMINTHE (en s'éloignant).

Sur moi vous exercez un bien puissant empire;
Je suis tous vos conseils.

VALMONT.

Et moi, je ne désire
Que de flatter vos vœux

(Il baise la main d'Araminthe, qui sort avec gaîté.)

SCENE IV.

VALMONT (seul).

Elle ne pense pas
Servir tous mes desseins.... Point d'indiscrets éclats!
Angélique est vraiment un parti fort sortable:
Seize ans, de la fortune, un caractère aimable;
C'est assez bien choisir.... Puis il serait flatteur
D'agiter son esprit, de tourmenter son cœur.

SCENE V.

VALMONT, FORLIS (en grand deuil ridicule).

VALMONT (avec un ton railleur).

Arrive donc, Forlis, ta lenteur est extrême.
Ne doit-on pas voler pour voir l'objet qu'on aime?

FORLIS.

Je ne suis pas, cousin, un héros de roman.

VALMONT.

Ah! je m'en aperçois, tu viens tranquillement.

FORLIS.

Il m'a fallu, Valmont, séjourner en voyage;
Tous mes correspondans me guettaient au passage.

VALMONT.

As-tu bien vu Lyon et tous ses monumens?

FORLIS (étonné).

Je me suis occupé d'objets plus importans.

VALMONT (surpris).

D'objets plus importans!

FORLIS.

Quand on fait le commerce,
Il faut laisser les arts; un homme qui l'exerce,
Ne doit plus s'occuper que de ses intérêts;
Que d'en bien surveiller les rapides progrès:
On voit les Muséum lorsqu'on n'a rien à faire.

VALMONT (en riant, et le frappant sur l'épaule).

C'est parler à ravir!... L'aimable caractère!
Mon cher petit cousin, ne saurez-vous jamais
à l a fortune, obtenir des succès,

Et cultiver les arts, ces enfans du génie,
Qui donnent au commerce une nouvelle vie?...
Tu marches pas à pas!

FORLIS.

Eh! n'ai-je pas raison?

VALMONT (avec dignité).

Dans le vrai commerçant qui veut se faire un nom,
L'on n'aperçoit jamais une âme intéressée:
De nobles sentimens élèvent sa pensée:
Les peuples, tour à tour, sont présens à ses yeux;
Loin de lui ces calculs, étroits, minutieux,
Qui rapetissent l'homme et qui bornent sa sphère;
Il est, par ses talens, citoyen de la terre,
Et les arts enchanteurs, âme des vrais plaisirs,
Reposent sa pensée et charment ses loisirs.

FORLIS (rit).

Tu parles comme un fou.... J'agis avec prudence.
Mais je veux réparer les torts de mon absence:
Où donc est Angélique?... Il faut me présenter.

VALMONT (à part).

Elle pourrait venir; tâchons de l'écarter.
(A Forlis.)
Quoi! tu voudrais paraître en ce sombre équipage
Aux yeux de ta cousine?

FORLIS.

Et les formes, l'usage:
J'épouse une héritière, et je suis obligé....

VALMONT.

De répandre des pleurs, de paraître affligé?
Mais, sans manquer, mon cher, à la délicatesse,
Il est plus d'un moyen d'égayer la tristesse:
Prends-moi le demi-deuil; offre à ses yeux surpris
Un homme de bon goût.

FORLIS.

J'approuve ton avis.

VALMONT.

Eh bien! va, sans tarder.

FORLIS (Il voit Angélique).

Angélique s'avance.

VALMONT.

Sors.

FORLIS.

Il faut....

VALMONT.

T'éloigner.

FORLIS.

Mon cher!

VALMONT.

De la prudence!

FORLIS.

Cependant....

VALMONT.

Tu te perds....

FORLIS.

Un mot.

VALMONT.

De la raison!

FORLIS.

Parle de mon hymen.

VALMONT.

Je suis ta caution.

(Forlis sort, poussé par Valmont jusque dans la coulisse.)

SCENE VI.

VALMONT, ANGÉLIQUE.

ANGÉLIQUE (surprise, en voyant Valmont).

Ah!

VALMONT (la retient par le bras).

Pourquoi fuyez-vous?

ANGÉLIQUE.

Je cherchais Araminthe.

VALMONT (en jouant le sentiment et altérant sa voix).

Suis-je assez malheureux pour inspirer la crainte?

ANGÉLIQUE.

Oh! non, je ne crains rien.

VALMONT.

Quelle aimable candeur !
Parlons un peu de vous et de votre bonheur.

ANGÉLIQUE (bien naïvement).

Mais je ne puis rester ! . . . Où donc est ma cousine ?
Au jardin, n'est-ce pas ? oh ! oui, je le devine.

VALMONT (la tient par la main, et la lui serre).

(Avec sentiment.)
Au moins à l'amitié donnez donc un moment.

ANGÉLIQUE (retire sa main).

Ah ! vous me faites mal !

VALMONT.

C'est bien innocemment !

ANGÉLIQUE.

Serrer ainsi la main. . . . le méchant badinage !

VALMONT.

Que vous êtes enfant ! . . . N'est-ce pas le langage
De la douce amitié ?

ANGÉLIQUE.

Quoi ! nous serrer la main,
C'est dire quelque chose ?

VALMONT.

Eh ! oui.

ANGÉLIQUE.

Mon cher cousin,
Vous vous moquez, vraiment !

VALMONT.

Mais avec défiance,
Le cœur, par ce moyen, exprime ce qu'il pense.

ANGÉLIQUE.

C'est singulier !... Eh! bien, dites à votre cœur
Qu'il est un peu méchant.

VALMONT.

Quelle injuste rigueur!

ANGÉLIQUE.

Ne me retenez plus.

VALMONT.

Votre sort m'intéresse.

ANGÉLIQUE (persuadée).

Ah! je n'en doute pas.

VALMONT.

C'est ma délicatesse
Qui me fait un devoir de causer avec vous.
Angélique, je crains qu'en prenant un époux...
(Avec une feinte émotion.)
Je parle de Forlis... Oui, je crains pour vous-même.
Forlis sait-il aimer comme il faut qu'on vous aime?

ANGÉLIQUE.

Mon père l'a choisi, tout est donc arrêté:
Ce qu'un père a voulu doit être respecté.

VALMONT.

Il comptera pour rien vos vertus et vos charmes:
Chaque jour ces beaux yeux seront baignés de larmes.

ANGÉLIQUE.

Mais laissez-moi de grâce!

VALMONT.

A-t-il donc mérité
Cet excès de faveur, cette félicité!

ANGÉLIQUE (bas à Valmont, en souriant).

Si je pouvais choisir, j'aimerais mieux Valère.

VALMONT (étonné).

(A part.) (A Angélique.)
Eh! que viens-je d'entendre! .... Un jeune militaire,
Par état et par goût, est inconstant, léger.

ANGÉLIQUE (bien naïvement).

Oui, mais il m'a promis de ne jamais changer.
(En s'éloignant.)
D'ailleurs, mon cher cousin, si vous voulez me plaire,
Ne soupçonnez jamais l'amitié de Valère.
(Elle sort.)

SCENE VII.

VALMONT (seul.)

Un mot très-ingénu dérange mes projets:
Je suis le confident de ses premiers secrets,
Du premier mouvement de son âme incertaine;
Oh! oui, j'ai pour rival un jeune capitaine.
(Voyant venir Valère.)
C'est lui: dissimulons.

SCENE VIII.

VALMONT, ARAMINTHE, VALÈRE. (Ils viennent du jardin.)

ARAMINTHE.

Je reviens sur mes pas
(A Valmont.)
Avec le cher cousin.... Ne vous éloignez pas ;
Dans ce moment, Valmont, vous m'êtes nécessaire.
Monsieur veut nous parler d'une importante affaire.

VALMONT.

D'une importante affaire ! ah ! c'est très-sérieux.

VALERE (avec calme).

Mais oui, monsieur.

VALMONT.

Voyons, moi je suis curieux.

ARAMINTHE (avec gaîté).

S'agit-il de combats, d'assauts, de politique ?

VALERE.

Le sujet est plus doux : il s'agit d'Angélique.

VALMONT.

Ah ! je crois deviner.... Sans doute un peu d'amour
Vous occupe tous deux ?

ARAMINTHE.

Dites-nous sans détour.

VALERE.

De l'amour? non, madame.

ARAMINTHE.

Allons, soyez sincère.

VALMONT.

Ne nous déguisez rien.

VALERE.

Je l'aime comme un frère,
Comme nous l'aimons tous... et je viens, en secret,
Vous parler d'elle-même et de son intérêt.

ARAMINTHE (vivement).

Qu'a-t-elle à désirer? Sa fortune est immense!

VALMONT (de même).

Notre oncle a réparé les torts de sa naissance.

ARAMINTHE (de même).

Angélique jouit du sort le plus heureux.

VALMONT (de même).

Tout flatte désormais, tout seconde ses vœux.

VALERE (avec sentiment).

Vous ignorez encor que le plus tendre père,
Oncle si généreux, ami noble et sincère,
Laisse à tous ses parens le gage le plus doux
De sa vive amitié?

VALMONT (surpris).

Parlez.

ARAMINTHE (surprise).

Que dites-vous?

VALMONT.

Que nous accorde-t-il?

VALERE.

Mais avec confiance,
Il a légué sa fille à la reconnaissance :
Il nous a tous chargés de faire son bonheur.

VALMONT.

Le testament?

VALERE.

Il est écrit..... dans notre cœur.

(Le ton et les traits d'Araminthe et de Valmont doivent changer d'une manière très-sensible.)

ARAMINTHE.

Il est mort sans tester?

VALMONT.

Et sans nommer sa fille?

VALERE.

Il s'en est reposé sur sa chère famille :
Un cœur qui fut toujours prodigue de bienfaits,
Doit croire à la vertu des heureux qu'il a faits.

(On voit s'épanouir les figures de Valmont et d'Araminthe.)

[Valère continue.]

D'aisance, de bonheur sans cesse environnée,
Elle ignora toujours sa triste destinée.

Madame, c'est à vous de dessiller ses yeux,
De consoler son cœur, d'adoucir ces aveux;
Mais répétez-lui bien que sur votre tendresse
Elle a droit de compter.... qu'elle vous intéresse,
Et que tous ses parens....

ARAMINTHE (avec un froid dédain).

Ses parens, dites-vous?

VALÈRE (avec âme).

Ne lui refusez pas, madame, un nom si doux!
Qu'elle tienne ses droits de l'amitié fidelle:
La mémoire d'un oncle ici parle pour elle.
Si la reconnaissance est un devoir pieux,
Du berceau d'Angélique elle éloigne nos yeux.

VALMONT (bas à Araminthe).

Le bonheur vient souvent, lorsque moins on y pense.

(A part.)

Déjà je me flattais....

ARAMINTHE (à Valère).

Comptez sur ma prudence.
Je l'attends en ces lieux.

VALMONT.

(Il fait voir l'endroit où doit être Angélique.)
Elle est de ce côté.

VALERE.

(Il s'éloigne et revient.)
Je vais vous l'envoyer.... Surtout de la bonté!...
(Il sort.)

SCENE IX.

ARAMINTHE, VALMONT.

(Grandes impressions de joie.)

[Cette scène doit être rapide.]

ARAMINTHE.

PEUT-ON compter vraiment sur ce que dit Valère?

VALMONT.

Il vient de s'expliquer de la part du notaire:
On n'en saurait douter.

ARAMINTHE.

Quel reveil, quel bonheur!
Nous sommes héritiers! N'est-ce point une erreur?
Je crois encor rêver.... C'est peut-être un prestige.

VALMONT.

O fortune! pour nous, tu fais donc un prodige!
Toi, qui fus si long-temps rebelle à nos désirs,
Tu nous ouvres enfin la route des plaisirs!

ARAMINTHE.

En tout j'aime l'éclat, le luxe, la dépense,
Je veux me signaler par ma magnificence....

VALMONT.

Éclipser tout le monde, éblouir tous les yeux:
Il est doux, quelquefois, d'avoir des envieux.

ARAMINTHE.

Nous suivrons les concerts, les bals et les spectacles.

VALMONT.

Attendez, chaque jour, quelques nouveaux miracles.

ARAMINTHE.

Que je me vengerai de mille sottes gens,
Qui, plus heureux que nous, étaient impertinens!
Ils me raillaient, Valmont; mais, ma gloire l'ordonne,
Je vais railler sans cesse, et n'épargner personne.

VALMONT.

Eh! vous avez raison; flattez tous vos désirs;
Il faut, lorsqu'on est riche, embellir ses loisirs.
Si l'on n'a point d'amis, on a des connaissances;
On a toujours quelqu'un aimant les jouissances,
Qui vous suit pas à pas, qui reçoit vos mépris,
Et se trouve enchanté de jouir à ce prix.

(Araminthe rit.)

Mais changeons de projets, suivant la circonstance,
Vivre est le lot des sots; bien vivre une science;
Et ce grand art consiste à savoir finement
Régler de nos amis le goût, le sentiment,
A les faire parler d'après notre langage,
A les animer tous, mais pour notre avantage.
Je songe à votre sœur: je lui donne un époux
Et bien riche et bien sot.

ARAMINTHE.

Un trésor!

VALMONT.

Entre nous,
Je lui donne Forlis.

ARAMINTHE.

Quelle plaisanterie!
Il épouse Angélique.

VALMONT.

Ah! la bonne folie!
Moi, je romps cet hymen.... J'attache mon honneur,
Ma gloire, à le forcer de présenter son cœur,
Sa fortune et sa main à la chère Rosine.

ARAMINTHE.

Tous quatre nous sortons d'une même origine:
C'est un motif de plus.

VALMONT.

D'ailleurs, ... mais parlons bas,
Vous aimez les plaisirs: moi, je ne les hais pas:
Cet hymen achevé, nous vivrons tous ensemble,
Comme de bons parens que l'amitié rassemble,
Forlis à travailler passera son loisir:
C'est son goût.... il faut bien lui laisser ce plaisir;
Votre sœur, des détails se chargera sans peine;
Chacun a son emploi.... Dès lors rien ne nous gêne:
Forlis doit au commerce incessamment penser,
Rosine être économe, et nous deux dépenser.

ARAMINTHE.

Mais j'aime assez ce plan.

VALMONT (en riant).

Il est simple, facile,
Dans les règles de l'art : l'agréable et l'utile.

SCENE X.

ARAMINTHE, VALMONT, FABRICE. (Il entre par un côté du théâtre et ressort par l'autre : il ne fait que passer.

VALMONT.

QUE veut cet inconnu ?

ARAMINTHE.

Je ne soupçonne pas.
Mais...

FABRICE.

De monsieur Blainvil je dévance les pas.

VALMONT.

Notre oncle ?

FABRICE.

Je le crois à très-peu de distance.

ARAMINTHE.

Nous allons l'embrasser !

FABRICE.

Madame, je le pense ;
A moins que quelque objet ne flatte trop ses yeux :
C'est un observateur, il est très-curieux.

Un site le distrait ; une fleur le captive,
Il arrive un peu tard ; mais enfin il arrive.

ARAMINTHE (d'un air curieux, avec finesse, à Fabrice).

Il est très-singulier ?

FABRICE.

En lui tout est bonté,
J'admire à chaque instant sa sensibilité.

VALMONT (surpris de la réponse).

On le dit misantrope.

FABRICE.

Il en a l'apparence :
Un misantrope et lui, Dieu ! quelle différence !
Il chérit les humains, et leur donne des pleurs ;
De tout être qui souffre il ressent les douleurs.
Mais je dois l'avouer, en tout il est extrême !
Il craint de s'attacher, et cela par système.

VALMONT.

Vous ne le quittez point ?

FABRICE.

Je suis son serviteur.
Plus souvent son ami : c'est le mot de son cœur.

ARAMINTHE (en raillant).

Vous êtes son ami ?

VALMONT.

J'aime cette franchise.

(Bas à Araminthe.)

Il pourra nous servir.

FABRICE. (Il salue.)

Mon maître l'autorise.

VALMONT.

(En le congédiant.) (A Araminthe.)
Je comprends.... C'est fort bien.... Vous voyez clairement
(Fabrice salue et sort.)
Que notre philosophe aime le sentiment;
Moi, j'en mettrai partout : imitez mon langage,
Et peut-être à nos vœux nous soumettrons un sage.
Mais je vais voir Forlis, et, par des traits heureux,
L'obliger, malgré lui, de céder à nos vœux.

ARAMINTHE.

Ce Valmont est adroit.

(Il sort pour aller chez Forlis.)

SCENE XI.

ARAMINTHE, ANGÉLIQUE.

(Angélique arrive. Araminthe se met dans un fauteuil, et Angélique reste debout. Araminthe doit avoir un ton faux, mais cependant assez doux.)

ANGÉLIQUE (sans se douter de rien).

MA cousine m'appelle?

(avec âme.)

J'éprouve un grand plaisir à me rendre auprès d'elle;
Et je le fais soujours avec empressement.

ARAMINTHE. (Elle modère bien son ton).

Je désire vous voir, et causer un moment
Sur un point délicat et qui vous intéresse :
Angélique, on flatta votre tendre jeunesse
D'un brillant avenir, du sort le plus heureux;
La fortune étala ses trésors à vos yeux,
Tout vous fut prodigué.

ANGÉLIQUE.

Mon père, en sa tendresse,
M'accablait de bontés : je m'en souviens sans cesse.

ARAMINTHE (froidement).

Il pensait que ses dons embellissaient vos jours.

ANGÉLIQUE (bien naïvement).

Je ne désirais rien : il me donnait toujours.

ARAMINTHE (avec beaucoup de douceur.)

Vous croyez être riche? et, je dois vous le dire,
Vous ne possédez rien.

ANGÉLIQUE.

Ma cousine veut rire.
Mon père chaque jour.... son cœur était si bon!
Me disait : «Mon enfant, tiens, voici ta maison».
Et lorsqu'il me menait au sein de la campagne,
Il me disait encor : «Tu vois cette montagne,
» Ces plaines, ces troupeaux, et ces nombreux guérets,
» Où l'indigent, toujours, rencontra des bienfaits,
» Ils sont à toi : je veux, ajoutait-il sans cesse,
» Que l'humble agriculteur te doive sa richesse. »

Et puisqu'il m'a laissé le soin des malheureux,
Il a dû m'accorder quelque chose pour eux.

ARAMINTHE.

Vous ne m'entendez pas.

ANGELIQUE (étonnée).

Quel est donc ce mystère?

ARAMINTHE.

Un jour peut vous priver de vos parens.

ANGELIQUE.

J'espère
Que le Ciel bienfaisant exaucera mes vœux;
Je l'implore sans cesse et pour vous et pour eux.

ARAMINTHE (embarrassée).

Il est certains secrets inconnus à votre âge.

ANGELIQUE.

Ah! ne me tenez pas un si cruel langage!
Vous plaisantez.... eh bien? cela trouble mon cœur.
Si j'étais condamnée à cet affreux malheur,
De vivre sans parens, et seule sur la terre,
J'aimerais mieux mourir.

ARAMINTHE (se lève).

Si le destin, ma chère,
Vous prive de tous ceux qui vous étaient promis,
Votre conduite peut vous donner des amis:
Croyez à mes bienfaits comme à mon indulgence,
Si vous le méritez par votre déférence.

(Elle sort.)

SCENE XII.

ANGÉLIQUE seule. (Elle s'assied sur le fauteuil d'Araminthe).

MAIS d'où peut provenir un si prompt changement?
Pour elle j'ai toujours le même sentiment!
Puis-je ne pas aimer, chérir une cousine!
Est-ce ma faute à moi, si je suis orpheline?
Ah! si l'on change ainsi quand on est à Paris,
Non, je n'irai jamais habiter ce pays:
Lorsque j'aime une fois, c'est pour toute la vie.

SCENE XIII.

ANGÉLIQUE, THÉRESE.

THERESE (à part, en voyant Angélique triste sur son fauteuil).

ELLE connaît son sort!

ANGÉLIQUE (en voyant Thérèse).

Ah! voici mon amie!

THÉRESE.

Vous avez du chagrin, rassurez votre cœur.

ANGÉLIQUE.

On vient de me traiter avec une rigueur!

Ma cousine Aramintle est tout-à-fait changée ;
Elle ne m'aime plus, et j'en suis affligée.

THÉRESE.

Vous pouvez vous tromper.

ANGÉLIQUE.

Thérèse, dans ce cas,
Le cœur est un bon juge : il ne se trompe pas.

THÉRESE.

Votre cousine est bonne et quelquefois légère.

ANGÉLIQUE.

Thérèse, croirais-tu qu'elle accuse mon père
De m'avoir élevée avec trop de bonté ?

THÉRESE.

Cela n'est pas possible.

ANGÉLIQUE.

Oh ! c'est la vérité.
Elle a blâmé ses dons, parlé de bienfaisance ;
Elle dit qu'on aura pour moi de l'indulgence.

THÉRESE.

Peut-être elle riait en tenant ce discours ?

ANGÉLIQUE (les yeux humides de larmes).

Peut-on rire en songeant à l'auteur de mes jours ?

THÉRESE.

Oubliez tout cela, plus de larmes, ma chère.

ANGÉLIQUE.

Elles doivent couler.... nous parlons de mon père.

THÉRESE.

Mais il vous reste un oncle : il sera votre appui.

ANGÉLIQUE.

J'ai besoin de le voir, de pleurer avec lui.

THÉRÈSE.

Il vient vous consoler, soyez-en bien certaine.

ANGÉLIQUE.

Sa présence en ces lieux adoucira ma peine.

THÉRESE.

Votre cousin Forlis avec vous va s'unir;
Croyez qu'il vous prépare un heureux avenir :
On vante ses vertus.... Ce bon cousin vous aime.

ANGÉLIQUE (*naïvement*).

Valère m'aime aussi d'une tendresse extrême !

THÉRESE.

Je le sais.... mais qu'importe ?

ANGÉLIQUE (*avec tristesse*).

Il faudra le quitter !

THÈRESE. (*Elle la prend sous le bras pour l'amener.*)

Bientôt vous n'aurez rien, sans doute, à regretter;
Paris vous offrira tout ce qui peut vous plaire.

ANGÉLIQUE (*après un repos, en regardant autour d'elle*).

Ma bonne, c'est ici que demeurait mon père.

(*Elles sortent, Thérèse la tient sous le bras.*)

FIN DU SECOND ACTE.

ACTE TROISIEME.

SCENE PREMIERE.

VALMONT, FORLIS.

(Forlis en demi-deuil. Ils sortent tous deux de chez Forlis où Valmont est entré lorsqu'il a quitté la scène.)

VALMONT.

PEUX-TU craindre de rompre un tel engagement?

FORLIS.

Déjà sur mon hymen on m'a fait compliment.

VALMONT.

Angélique passait pour enfant légitime;
Mais tout change aujourd'hui.

FORLIS.

Moi je tiens à l'estime:
Quand on fait le commerce et qu'on peut l'obtenir,
Mon cher, on se prépare un heureux avenir.
Tu connais Dorimon?

VALMONT.

C'est un autre moi-même:
Homme d'esprit, de goût.

FORLIS.

Chacun l'estime, l'aime,
Parce que, l'an passé, d'un père malheureux
Il épousa la fille ; et ce trait généreux
A doublé son crédit.

VALMONT.

Mais je connais sa vie ;
Avec lui chaque jour, je fais quelque folie :
C'est un franc libertin, frivole en ses désirs,
Qui vendrait l'univers pour payer ses plaisirs.

FORLIS.

Eh bien ! il réussit : son crédit est immense :
On nous juge toujours, Valmont, sur l'apparence.

VALMONT.

Il n'aime point sa femme ; il n'en fait aucun cas ;
Il se ruine au jeu.

FORLIS.

Cela ne se sait pas :
Je voudrais comme lui, faisant ce mariage,
Me montrer au public avec quelque avantage ;
Passer pour généreux.

VALMONT (en raillant).

Puis comme Dorimon,
Tu prendrais en secret la petite maison.

FORLIS (à demi-voix, presqu'à l'oreille).

Ce qu'on fait en secret, se fait sans conséquence.

VALMONT.

Rosine t'offre ici la plus belle alliance.

FORLIS.

J'ai promis.

VALMONT.

Bagatelle! est-ce un engagement?

FORLIS.

Tu penses que je puis rompre tout simplement?

VALMONT.

Oui, mon cher.

FORLIS.

Mais peut-être...

VALMONT.

As-tu vu ce Valère?

FORLIS.

Non.

VALMONT.

Non.... C'est différent.

FORLIS (à part).

J'entrevois du mystère.

VALMONT.

Je te dirai, Forlis, qu'il a l'air et le ton
D'un homme très-aimable; et que dans la maison,
On le voit d'un bon œil...

FORLIS.

Eh qui? notre cousine.

VALMONT.

Je ne dis pas cela.

FORLIS.

Mais moi je le devine;
Un mot m'en dit assez.

VALMONT.

Je vais donc préparer
Les aveux de ton cœur, qui doit se déclarer;
Nous attendons notre oncle, et vraiment, il est sage
D'offrir à ses regards, tous quatre, un bon ménage;
Un tableau de famille, et si son cœur charmé
Eprouvait le besoin d'aimer et d'être aimé,
On pourrait....

FORLIS.

Je t'entends.

VALMONT.

Avec un peu d'adresse...

FORLIS.

Régler ses intérêts.

VALMONT.

Captiver sa tendresse.

FORLIS.

Être maître de tout.

VALMONT.

Voilà du jugement!

(Il sort.)

SCÈNE II.

FORLIS (seul).

CECI me détermine... un moment!... un moment!
Il serait bon, je crois, d'agir avec prudence,
De ne pas me presser, de garder le silence.
Si quelque acte secret, quelque donation
Avaient fixé ses droits à la succession,
J'aurais tort de manquer un si beau mariage...
D'ailleurs Valmont se trompe, Angélique est trop sage.
Elle vient à propos...

SCENE III.

FORLIS, ANGÉLIQUE, THÉRÈSE.

(Angélique paraît ennuyée.)

THÉRÈSE (bas à Angélique).

Près de votre cousin,
Allons, de la gaîté.

ANGÉLIQUE (bas à Thérèse).

Quand on a du chagrin
(à Forlis.)
Peut-on rire?... Êtes-vous fatigué du voyage?

FORLIS.

Le plaisir de vous voir, cousine, dédommage.

ANGÉLIQUE (en souriant).

Oh! c'est un compliment!

FORLIS.

C'est le ton de Paris.

THÉRESE.

Vous arrivez bien tard, monsieur... Il est permis...

FORLIS (qui est à la gauche de Thérèse, lui dit à l'oreille).

Mais que viens-je d'apprendre!... est-il vrai que son père,
Sans assurer son sort, a fermé la paupière?

THÉRESE (bas).

Oui, monsieur.

ANGÉLIQUE (à part).

Que dit-il?

FORLIS.

Elle est donc désormais,
Sans fortune, sans dot?

ANGÉLIQUE (en raillant).

Ah! ce sont des secrets.

THÉRESE (bas).

Elle est très-riche encor.

FORLIS.

Ah! très-riche.

THÉRESE.

Son âge,
Son éducation.... C'est un bel héritage.

FORLIS.

Sans doute, c'est beaucoup.

THÉRESE (toujours bas).

Cela vaut mieux que l'or,
Pour un époux, monsieur, voilà le vrai trésor:
La fortune se perd dans un jour de folie,
Mais l'éducation reste toute la vie.

ANGÉLIQUE (haut).

Je puis bien m'en aller.

THÉRÈSE.

Attendez un moment;
(A Forlis.)
On s'occupe de vous.... C'est encore un enfant.
Mais quand elle saura que votre cœur sincère
A respecté les vœux qu'avait formés son père,
Ses sentimens pour vous s'accroîtront chaque jour:
De l'estime souvent naît le plus tendre amour.

ANGÉLIQUE (à part).

Oh! l'on parle de moi!

THÉRESE (à Forlis).

Certain devoir m'appelle,
Vous permettez, monsieur? je vous laisse avec elle.

SCENE IV.

ANGÉLIQUE, FORLIS.

FORLIS (à part).

C'EN est fait, plus d'hymen!

ANGÉLIQUE (à part).

L'ennuyeux entretien!
Je voudrais lui parler, mais je ne trouve rien.

FORLIS (à part).

Je veux me dégager, l'instant est favorable.

ANGÉLIQUE (nonchalamment).

Aimez-vous la campagne?

FORLIS.

Elle n'a rien d'aimable:
Des champs, encor des champs.... Je n'aime que Paris.

ANGÉLIQUE.

Moi, je voudrais toujours habiter ce pays.
Je me plais dans les lieux où se plaisait mon père.

FORLIS.

Ils vous rappelleraient à chaque instant Valère.

ANGÉLIQUE.

Près de lui j'ai passé bien des momens heureux:
Il est si bon, si doux... son cœur si généreux!

FORLIS.

On dit que ce cousin vous trouve très-jolie ?

ANGÉLIQUE.

Il l'assure, du moins.

FORLIS (à demi-voix).

C'est de la modestie !

(A Angélique.)

Il vous aime ?

ANGÉLIQUE.

Ah ! beaucoup !

FORLIS.

Valmont avait raison.

ANGÉLIQUE.

Elevés tous les deux dans la même maison,
Nous devons nous aimer... c'est devoir... c'est constance :

(En le regardant.)

Si vous étiez, monsieur, l'ami de mon enfance,

(Avec un grand soupir.)

Que je vous chérirois !

FORLIS.

J'entends : c'est de l'amour.

ANGÉLIQUE (avec sentiment).

Ah ! je dois à Valère un éternel retour.

FORLIS (avec ironie).

Eh bien ! je vous conseille, en cette circonstance,
D'épouser ce cousin, l'ami de votre enfance.

Si je vous parle ainsi, c'est pour vos intérêts:
Je respecte vos vœux, et je romps des projets
Que trop légèrement arrêta votre père.

SCENE V.

ANGÉLIQUE (seule).

Mais dans ce qu'il me dit, Forlis est-il sincère?
Dois-je le soupçonner? Il est de bonne foi;
Il vient de me prouver qu'il s'intéresse à moi.
Je lui donnais la main, par pure obéissance,
Mais il peut bien compter sur ma reconnaissance.

SCENE VI.

ANGÉLIQUE, VALERE.

ANGÉLIQUE. (Elle va au-devant de Valère.)

Cousin, vous connaissez les peines de mon cœur,
Apprenez donc aussi ce qui fait mon bonheur:
Forlis, à m'épouser, renonce de lui-même.

VALERE.

De lui-même?... et pourquoi?

ANGÉLIQUE.

Parce qu'il dit que j'aime.

VALERE.

Et qui?

ANGÉLIQUE.

Vous, mon cousin.

VALERE.

Ce détour est bien bas!

(avec chaleur.)

Il dit que vous m'aimez?

ANGÉLIQUE (avec douceur).

Il ne se trompe pas.

VALERE.

Je conçois ses desseins... pour trouver une excuse,
Pour sauver son honneur, ce lâche vous accuse:
Qu'avez-vous répondu?

ANGÉLIQUE.

La simple vérité;
Que je vous chérissais.

VALERE.

Quelle ingénuité!

ANGÉLIQUE.

Il appelle cela de l'amour.

VALERE.

Ah! le traître
Par cet outrage vient de se faire connaître;
Mais je l'en punirai.

ANGÉLIQUE.

Pourquoi vous fâchez-vous?
Le nom d'amour, cousin, n'est-il pas aussi doux
Que celui d'amitié?

VALERE (à part).

Trop aimable innocence!

ANGÉLIQUE.

Vous craignez de parler... qnelle est la différence?

VALERE (embarrassé).

L'amitié naît du cœur, et c'est le sentiment,
Qui nous unit, je crois, tous deux en ce moment.

ANGÉLIQUE.

Vous êtes désormais, tout ce qui m'intéresse:
Auprès de vous, cousin, je veux être sans cesse;
Loin de vous, je m'attriste et je verse des pleurs,
Je n'ai devant les yeux que de sombres couleurs,
Je crois avoir perdu la moitié de ma vie;
Quand je vous vois, tout change, et mon âme est ravie.
Est-ce de l'amitié, Valère, ou de l'amour?
Serait-ce tous les deux? parlez-moi sans détour.

VALERE (enthousiasmé).

Ne m'interrogez pas!

ANGÉLIQUE.

Pourquoi donc ce mystère?

(Avec tristesse.)
Vous avez des secrets?

VALERE (à part.)

O ciel! je dois me taire!

(Avec sentiment.)

Ah! je voudrais pouvoir faire votre bonheur!

SCENE VII.

ANGÉLIQUE, VALÈRE, THÉRÈSE.

[Scène vive.]

(Thérèse vient agitée et tremblante. Valère va presque au-devant d'elle.)

VALERE (à Thérèse.)

SAVEZ-VOUS que Forlis, au mépris de l'honneur!...

THÉRESE (tremblante).

Oui, je sais tout... j'étais dans la chambre voisine,
Lorsque monsieur Forlis entre chez sa cousine;
Valmont était présent; et j'entends leurs discours:
Sans égard, sans respect pour l'auteur de ses jours,
Ils font, de cet enfant, une triste victime!
De votre excellent cœur, Valmont vous fait un crime!...
On prétend la bannir du sein de sa maison.

ANGÉLIQUE.

Me bannir de ces lieux, et pour quelle raison?
Ai-je fait quelque mal?

VALERE.

Intéressante amie,
A vous servir toujours je consacre ma vie.
(Il tombe à genoux.)
Je demande à genoux, cousine, la faveur
D'être votre soutien... d'être votre tuteur.

SCENE VIII.

ANGÉLIQUE, VALÈRE, THÉRÈSE, ARAMINTHE, ROSINE, VALMONT, FORLIS.

(Ils entrent per le fond du théâtre et surprennent Valère aux genoux d'Angélique.)

[Surprise générale.]

VALMONT (à demi-voix à Forlis).

Je te l'avais bien dit : l'intrigue est manifeste.

FORLIS (à Araminthe et à Valmont).

On ne m'abuse pas avec un air modeste.

VALMONT (à Valère, qui se relève assez embarrassé).

Un amant bien épris dissimule toujours.

THÉRESE (avec chaleur).

Quand vous l'abandonnez, il offre ses secours.
(Tous sont frappés.)

VALMONT.

Vous ignorez, je crois, que madame est maîtresse?

THÉRESE.

Que m'importe, monsieur? mon langage vous blesse;
Mais j'aime cet enfant, et connais vos projets.

VALERE.

Vous voulez de ces lieux l'exiler à jamais.

VALMONT.

Qui vous dit?...

VALERE.

Je le sais!... Dépouillez l'héritière
Du tendre bienfaiteur qui vous servit de père;
Proscrivez son enfant: ne vous déguisez plus;
Mais respectez au moins son sang et ses vertus.

VALMONT (avec fatuité).

Vous avez tort, monsieur.

FORLIS.

C'est de l'extravagance.

ARAMINTHE.

Faut-il donc s'emporter?

VALERE.

Si quelqu'un s'en offense...

ANGÉLIQUE.

Valère, calmez-vous!

FORLIS.

Un peu moins de chaleur!

VALERE (avec beaucoup de chaleur).

Sachez que je défends la cause du malheur;
Que je la défendrai.... D'Ergaste elle est la fille,
La nature la place au sein de ma famille :
Si vous méconnaissez vos devoirs et ses droits,
Je puis en sa faveur faire parler les lois.

(Angélique, Valère et Thérèse sortent. Thérèse tient Angélique sous le bras.)

SCENE IX.

ARAMINTHE, ROSINE, FORLIS, VALMONT.

FORLIS.

QUE parle-t-il de lois?... redoutons ce Valère :
Si jamais procureur entre dans cette affaire,
L'héritage est perdu.

VALMONT (en raillant).

Je suis de ton avis.
La justice n'a pas de plus grands ennemis.

FORLIS.

Il faut changer les biens, en toute diligence,
Vendre titres, contrats...

VALMONT (en lui frappant sur l'épaule).

Toujours de la prudence!

ROSINE (à Forlis).

Je désapprouve un peu ces calculs, ces projets :
Héritons ; mais, monsieur, à de vils intérêts....

FORLIS (avec un sourire de pitié).

A de vils intérêts !... Une fortune immense !

ROSINE.

Ne sacrifions pas les égards, la décence.

FORLIS (bas à Araminthe).

Elle est trop jeune encor pour entendre raison.

SCENE X.

ARAMINTHE, ROSINE, FORLIS, VALMONT, THÉRÈSE, FABRICE. (Il apporte quelques livres qu'il met sur la table.)

THÉRESE.

Je vous ai mis au fait du train de la maison.

ARAMINTHE.

C'est notre oncle ?

FABRICE.

Lui-même.

VALMONT.

Excellente nouvelle !

THÉRESE.

Il doit loger ici.

FABRICE (à Thérèse avec âme).

Comptez bien sur mon zèle.

(Thérèse sort.)

SCENE XI.

ARAMINTHE, ROSINE, FORLIS, VALMONT, FABRICE, BLAINVIL. (Il est en habit simple, en tout une mise noble et de caractère.)

ARAMINTHE (à Blainvil).

QUE nous sommes heureux, mon oncle, de vous voir !

VALMONT.

Vous comblez nos désirs !

FORLIS.

Vous comblez notre espoir !

VALMONT.

Déjà votre retard excitait nos alarmes.

BLAINVIL.

Que votre empressement pour mon cœur a de charmes !

VALMONT.

Nous voulions tous courir au-devant de vos pas.

BLAINVIL (embarrassé).

Je vous suis obligé.

FABRICE (à Blainvil, en le tirant à part. Il suit tous ses mouvemens pour lui parler).

Vous voyez des ingrats.

ARAMINTHE.

Nos cœurs, à votre aspect, pensent trouver un père!

BLAINVIL (hésitant).

Comme moi des enfans.

FABRICE (bas à Blainvil).

Ce ton n'est pas sincère.

ROSINE.

Peut-être la chaleur...

BLAINVIL.

Oh! non, je ne crains rien....

FABRICE (à part).

On dirait, à les voir, qu'ils sont tous gens de bien.

BLAINVIL.

Je brave les saisons ainsi qu'en ma jeunesse.

ARAMINTHE.

Il faut vous reposer.

FABRICE (à part).

Croyez à leur tendresse!

VALMONT.

Nous allons vous laisser.

BLAINVIL (Il regarde ses neveux et Fabrice).

En effet, un moment....

VALMONT (en lui faisant voir une chambre).

Vous voyez le salon de votre appartement;
La vue en est charmante, agréable, fleurie:
A droite une montagne, à gauche une prairie;
Une grotte, un rocher, un bois délicieux,
Tout ce que l'art enfin peut offrir à nos yeux.

(Les parens vont pour se retirer.)

BLAINVIL.

L'utile agriculteur vit-il dans l'abondance?
Voilà l'essentiel... S'il est dans l'indigence,
A mes yeux ce tableau n'aura rien de flatteur:
Le vrai luxe des champs, c'est l'aspect du bonheur.

VALMONT (bas en riant, à Araminthe.

Sa réponse est vraiment un trait de caractère.

ARAMINTHE.

Nous allons préparer tout ce qui peut vous plaire.

VALMONT.

Partageant vos regrets, il nous sera bien doux
De ne plus vous quitter, de parler avec vous,
Des vertus, des bontés de l'oncle le plus tendre:
Vous étiez son ami, vous saurez nous entendre.

(Ils sortent.)

SCENE XII.

BLAINVIL, FABRICE.

BLAINVIL.

QUE parles-tu d'ingrats?

FABRICE.

Monsieur, dans un moment
Vous serez éclairci.... Mais, quel événement
(Il tire sa montre.)
Vous a donc retenu?... C'est qu'il est près d'une heure.

BLAINVIL.

Fabrice, j'ai cherché long-temps cette demeure;
Tout m'en paraît changé!... D'ailleurs, mes yeux surpris
Ne pouvaient se lasser d'admirer ce pays.
Nous aimons à revoir, en prenant des années,
Le site où s'écoulaient nos premières journées:
Tout intéresse alors.... De détours en détours,
Je croyais m'approcher, et m'éloignais toujours.
(Il voit les bustes.)
Mais que vois-je en ces lieux? ma surprise est extrême!

FABRICE.

Quand on a sur la terre un être qui nous aime,
Qui se fait un besoin de prolonger nos jours,
Monsieur, on doit s'attendre à ces aimables tours.
(En montrant les bustes.)
Vous voyez les auteurs dont les écrits, sans cesse,
Charment votre loisir....

BLAINVIL.

Quelle délicatesse!

(En se promenant.)

Que j'aime à contempler le buste d'un auteur
Qui connut l'art heureux d'intéresser le cœur!

(Il s'arrête à divers bustes.)

Sensible Fénélon, simple et bon La Fontaine,
A tout âge on vous aime.... Et toi qui, sur la scène,
De l'homme tout entier signalas les travers,
Molière, avec respect je lis toujours tes vers!

(A Fabrice.)

Mais, qui m'a préparé ce tableau qui m'enchante?

FABRICE.

C'est votre jeune nièce : elle est douce, charmante.
Et l'on veut l'accabler!... Ils sont tous sans honneur.
Oui, vous allez frémir.

BLAINVIL.

Encor quelque malheur?

FABRICE.

C'est une indignité!.... Toute votre famille
Refuse d'avouer Angélique.

BLAINVIL (surpris).

La fille
De mon frère?

FABRICE.

Elle-même.

BLAINVIL.

On veut l'abandonner?

FABRICE.

Chaque héritier refuse ici de lui donner
Ses légitimes droits.... On méconnaît son père !

BLAINVIL (à part, avec âme).

Eh bien ! avais-je tort de vous presser, mon frère ?
(A Fabrice.)
Des nièces, des neveux trahiraient leur devoir ?

FABRICE.

Thérèse m'a tout dit.

BLAINVIL. (Il faut bien marquer cet hémistiche.)

Oh ! le temps fera voir.

FABRICE.

Venez vous reposer.... Un aussi long voyage
Doit fatiguer, monsieur, un homme de votre âge :
Vous avez fait à pied la moitié du chemin.

BLAINVIL.

Lorsque je suis parti, tel était mon dessein.
Je ne m'en repens pas : en observant, Fabrice,
On voit des malheureux, à qui l'on rend service,
Et l'on reprend courage...

FABRICE.

Ah ! dans plus d'un canton,
Tous les bons villageois demandaient votre nom,
Et jusques aux enfans, tous voulaient vous connaître ;
Mais je me suis gardé de vous trahir, mon maître.

BLAINVIL.

Si je fais quelque bien, mon ami, sois discret:
Tout service a son prix; le mien, c'est le secret. (1)

FABRICE.

Pourquoi vous dérober à la reconnaissance?

BLAINVIL.

Pour jouir du bonheur né de la bienfaisance:
Quand je fais un heureux, on en parle toujours;
L'un cherche l'inconnu qui donne des secours;
L'autre dit qu'en tous lieux, on le bénit, on l'aime,
Et l'on m'offre souvent en exemple à moi-même.
Si l'on me connaissait, ah! tel qui, dans son cœur,
Veut graver aujourd'hui le nom du bienfaiteur,
Dirait peut-être alors: « Il pouvait davantage;
» C'est par excès d'orgueil, pour être appelé sage,
» Qu'il verse quelques dons. » Il est doux, sur ses pas,
De faire des heureux, sans trouver des ingrats.

FABRICE (en regardant avec plaisir Blainvil, qui va placer son chapeau sur une chaise).

Et l'on pourrait penser qu'un homme aussi sensible
Délaisserait sa nièce!... allons, c'est impossible:
Ah! messieurs les méchans, nous venons à propos.

(Il s'approche de Blainvil.)

Quoique vous en disiez, il vous faut du repos.

---

(1) Quelques personnes ont pensé que ce vers blessait les lois de la syntaxe, mais je puis opposer à leur jugement celui du premier grammairien de l'Europe, de M. l'abbé Sicard.

BLAINVIL.

Va donc tout préparer.
(Fabrice entre dans la chambre voisine.)

SCENE XIII.

BLAINVIL seul. (Après un moment de réflexion.)

NON, non, je ne puis croire
Qu'ils osent de leur oncle outrager la mémoire;
D'un oncle qui vivait pour faire leur bonheur,
Qui, dans ses tendres soins, n'écoutant que son cœur,
Accablait de bienfaits sa nombreuse famille....
Sur sa cendre glacée, ils proscriraient sa fille!
Ses dons n'auraient servi qu'à faire des ingrats!
Fabrice s'est trompé.... cela ne se peut pas:
Toutes les passions qui s'agitent sans cesse,
Peuvent tromper les sens et trahir leur faiblesse,
Mais non dégrader l'homme à cet excès d'horreur,
Qu'en prenant un bienfait, il frappe un bienfaiteur....
Faisons du cœur humain une nouvelle étude:
J'ai besoin de douter de son ingratitude:
Ce jour m'offre un moyen d'en sonder les replis:
Un enfant malheureux.... des parens réunis....
Une succession.... Observons en silence
Quels seront les effets de leur reconnaissance.
Pour faire cette épreuve, avant de révéler
Un secret important, il faut dissimuler; (1)

(1) Ce mot dissimuler doit le fatiguer.

(*Avec force.*)

J'en aurai le courage : et si je vois les vices
Se joindre à tant de maux, ou réels ou factices,
Je m'entoure à jamais de mon obscurité,
Et par les bienfaits seuls, tiens à l'humanité.

(*Il sort par la même porte que Fabrice.*)

FIN DU TROISIÈME ACTE.

ACTE QUATRIEME.

(Il convient qu'Araminthe, Rosine et Valmont, fassent une seconde toilette, par égard pour leur oncle. Leur luxe doit d'ailleurs ajouter à l'effet du dénouement. Cependant ce n'est pas de rigueur.)

SCÈNE PREMIÈRE.

BLAINVIL, FABRICE.

FABRICE.

Vous voilà bien instruit.

BLAINVIL (vivement).

Va, cours chez le notaire,
Dis-lui que, dès ce jour, j'entends finir l'affaire
Qui m'amène en ce lieu... C'est un triste devoir
Que je devais remplir, mais je repars ce soir.

FABRICE.

Ainsi vous aurez fait un pénible voyage
Pour ne vous occuper que de cet héritage !...

BLAINVIL.

Laisse ton héritage, et fais ce que je veux.

FABRICE.

Si je n'apercevais que des êtres heureux;
Je vous croirais monsieur,

BLAINVIL.

Suis mon ordre à la lettre.

FABRICE (élevant la voix).

Vous ne partirez pas, j'ose vous le promettre;
Ah! je vous connais bien.

BLAINVIL (en riant).

Je me connais aussi.

FABRICE.

Quelqu'un pleure en secret: votre place est ici
Vous ne pouvez partir.

BLAINVIL. (Il s'assied à l'opposé de la table.)

Je chéris mes semblables,
Je me plais à penser qu'il est peu de coupables.
Ce qui se passe ici détruirait mon bonheur;
Si je m'abuse, eh bien! j'ai besoin d'une erreur.

FABRICE.

Oubliez ces ingrats; un peu de caractère....

BLAINVIL (inquiet).

Je crains de les haïr.

FABRICE.

Mais le jeune Valère
Et sa jeune cousine, ont droit à vos bontés;
On vante de tous deux les rares qualités:
Donnez-leur quelques jours, rendez-leur donc justice.

BLAINVIL.

Je crains de les aimer, de m'attacher, Fabrice.
Dans nos affections, que de sources de pleurs!

FABRICE.

Nous leur devons aussi, monsieur, mille douceurs,
Croyez que, près de vous, une nièce chérie...

BLAINVIL.

Je ne veux point troubler le repos de ma vie :
Sans y jouir beaucoup, la campagne me plaît ;
Tous les jours elle m'offre un plus grand intérêt,
Un tableau plus riant, une grâce nouvelle ;
Quand on sait l'observer, la nature est bien belle !
Tout intéresse alors et tout charme les yeux,
Chaque fleur se transforme en fruit délicieux ;
J'émonde l'arbrisseau que j'ai planté moi-même :
Je n'y tiens pas beaucoup, et cependant je l'aime
J'admire ses progrès, sa grâce, sa beauté ;
Je le crois mon ouvrage, et je suis enchanté.

FABRICE.

Cependant il périt.

BLAINVIL.

Un autre le remplace.

FABRICE.

C'est toujours un chagrin.

BLAINVIL.

Oui, qu'un instant efface.

(En regardant le portrait de son frère.)

Le goût seul est trompé... Mais les peines du cœur...
Va, ne perds point de temps.

FABRICE.

Eh ! pourquoi cette humeur ?

BLAINVIL.

Il suffit, laisse-moi.

FABRICE (à part).

Je veux vîte avec zèle,
Envoyer près de lui la jeune demoiselle.
(En le regardant de quelques pas.)
N'être jamais content, et faire autant de bien !
C'est qu'il a très-grand tort de ne tenir à rien.

(Il sort.)

SCENE II.

BLAINVIL (seul).

OUI je dois résister... Plus de nouvelles chaînes,
N'augmentons pas le poids des misères humaines...
Cependant, vivre seul, au sein de sa maison,
Et passer, sans amis, sa dernière saison,
Dans un triste repos c'est achever sa vie :
N'est-ce point une erreur que ma philosophie ?...
Si de l'isolement naissait tout mon ennui...
La nature fragile a besoin d'un appui :
Le roseau dont les vents courbent déjà la tête,
Près d'un autre roseau résiste à la tempête ;
L'homme a besoin d'amis pour épancher son cœur,
Pour vivre dans un autre.... Oui, c'est là le bonheur....

Mais quand on perd l'objet!...Ne plus voir ce qu'on aime,
C'est perdre, en un instant, la moitié de soi-même.
Je chérissais mon frère, il a fini ses jours,
La blessure est cruelle et doit saigner toujours....
Si cet aimable enfant.... Non, non, plus de faiblesse;
Si je cédais aux cris d'une aveugle tendresse,
Je me préparerais encor mille regrets;
Je ne veux plus d'amis.... je n'en aurai jamais.

(Il aperçoit Angélique et Valère.... Il se retourne avec réserve pour les voir.)

SCENE III.

BLAINVIL, ANGÉLIQUE, VALERE.

BLAINVIL.

Dieux! je vois ces enfans!... je les vois, je les aime,
Et je sens que je dois le cacher à moi-même!

ANGÉLIQUE.

(Bas à Valère.)

Nous venons tous les deux..... J'éprouve à son aspect,
Un sentiment d'amour, de crainte et de respect.

BLAINVIL (à Angélique).

On vous nomme Angélique?

ANGÉLIQUE.

Oui, monsieur.

BLAINVIL.

Et votre âge?

ANGÉLIQUE.

J'ai seize ans.

BLAINVIL.

La jeunesse est un grand avantage;
Mais il faut l'honorer par de rares vertus.

VALERE (à Angélique, à part).

Le craignez-vous encore?

ANGÉLIQUE (naïvement, à part).

Oh! je ne le crains plus.

BLAINVIL (à Valère).

Vous êtes son cousin?

VALERE.

Je m'appelle Valère.

BLAINVIL.

Ah! Valère.... Je sais ce que pensait mon frère
De votre ingratitude.

ANGÉLIQUE.

Il n'est pas un ingrat,
C'est un tendre cousin.

BLAINVIL.

Fut-il bien délicat,
Lorsqu'au mépris des soins donnés à sa jeunesse,
D'un oncle généreux, aveugle en sa tendresse,
Il quitta la maison, oubliant ses bienfaits?

VALERE.

Ah ! que n'a-t-il pu voir ma peine, mes regrets !

ANGÉLIQUE (avec bonté).

Il a pleuré long-temps.

BLAINVIL (à part).

Que sa voix est touchante !

ANGÉLIQUE.

Il gémit tous les jours.

BLAINVIL.

Que sa grâce m'enchante !

[Dialogue très-vif.]

VALERE.

J'ai réparé, je crois, les erreurs d'un moment.

ANGÉLIQUE.

Il est très-estimé, mon oncle, au régiment.

VALERE.

Et je puis en offrir une preuve certaine :
En six mois, de soldat, on m'a fait capitaine.

ANGÉLIQUE.

N'est-ce rien que cela ?

BLAINVIL.

Serait-ce au champ d'honneur
Que vous avez reçu cette grande faveur ?....
Avez-vous combattu ?

VALERE.

Mais dans plus d'une affaire;
C'est le premier besoin d'un brave militaire....
J'ai même une blessure.

BLAINVIL (touché).

Ah! vous fûtes blessé!

VALERE (avec âme).

Oui, mais je fus vainqueur.

BLAINVIL

Tout est donc effacé:
Qui sert dans les combats son prince et sa patrie,
Rachette en un moment tous les torts de sa vie.

(En lui-même, avec une vive émotion.)

Mon cœur est dans la joie et craint de la goûter:
Que de maux sur la terre ils ont à redouter!
Ah! déjà j'en frémis.

ANGÉLIQUE (bas à Valère).

Je voudrais...

VALERE (bas à Angélique.)

Du courage....

ANGÉLIQUE (en balbutiant).

Si je n'étais timide.

BLAINVIL.

A seize ans, c'est l'usage;

Mais elle dure peu, cette timidité !

(Il lui serre la main.)

Ah ! gardez-la long-temps !

ANGÉLIQUE (bas à Valère).

Il parle avec bonté.

(A Blainvil.)

Mon oncle....

BLAINVIL (avec beaucoup de sensibilité).

Moi ! votre oncle !

VALERE (effrayé).

Est-ce qu'il l'abandonne ?

BLAINVIL (d'un air inquiet, mais bon).

Non, non, je ne suis rien : je ne tiens à personne ;
Je dois vivre ignoré.

VALERE.

C'est combler son malheur !

BLAINVIL (fait quelques pas. Il ne peut plus y tenir).

(A part.)

Je voudrais les presser tous les deux sur mon cœur !

ANGÉLIQUE (avec douceur).

Acceptez tous les soins que recevait mon père !

BLAINVIL (craignant sa faiblesse et se reculant).

Que mon âme est émue !

ANGÉLIQUE.

Ai-je pu vous déplaire ?

BLAINVIL.

(Avec sensibilité.) (A part.)
Non, non, ma chère enfant!.... Quel est mon embarras!

ANGÉLIQUE.

Oui, monsieur, permettez que je suive vos pas:
J'irai vivre avec vous, dans votre solitude,
De vous plaire toujours je ferai mon étude.

(Blainvil fait quelques pas en arrière pour échapper au besoin de les presser dans ses bras).

BLAINVIL (à part).

Achevons mon épreuve....

VALERE.

Elle est sans avenir.

BLAINVIL (s'éloigne toujours).

Je désire être seul.

VALERE.

Elle doit tout tenir
De vous, de vos bontés; elle n'a sur la terre
Que vous pour protecteur.

ANGÉLIQUE (alarmée de voir Blainvil qui semble les repousser).

Eloignons-nous, Valère.

BLAINVIL (à part).

Ah! comment résister?

VALERE (à Blainvil).

Son état est affreux!

BLAINVIL (s'assied, accablé, près du bureau).

Je désire être seul.... retirez-vous tous deux.

(Angélique se retire en pleurant. Valère prend de l'énergie, et dit à Angélique.)

VALERE.

Si le sort, en ce jour, trahit votre espérance;
Si l'on est insensible à la reconnaissance;
Si l'on abuse ici d'un injuste pouvoir,
Vous aurez un parent fidèle à son devoir.

(Il sortent.)

SCENE IV.

BLAINVIL seul. (Il se remet).

O noble empressement d'une amitié sincère,
Sentimens généreux, dignes d'un tendre frère,
Vous venez d'éclater : voilà votre chaleur !
J'éprouvais à les voir, un plaisir, un bonheur,
Que je leur dérobais, par excès de prudence;
Ce cœur, né pour aimer, cherche l'indifférence !
Il est dans ses désirs sans cesse tourmenté :
J'ai pensé me trahir.... Sa naïve bonté....

SCENE V.

BLAINVIL, FABRICE.

BLAINVIL (A Fabrice vivement).

Eh! bien, as-tu trouvé, Fabrice, le notaire?

FABRICE.

Il était retenu, monsieur, pour une affaire;
Mais il m'a bien promis....

BLAINVIL.

Il fallait l'amener.
Tu sais que dans le jour je veux tout terminer,
Et, sans aucun délai, me remettre en voyage.

FABRICE.

Vous le verrez bientôt.... Monsieur, un héritage....

BLAINVIL.

Quel motif le retient, pourquoi cette lenteur?...

FABRICE.

Comme vous êtes vif!... C'est un homme d'honneur.

BLAINVIL (très-vivement).

Qu'importe son honneur?

FABRICE.

Mais il réconcilie
Des époux divisés: c'est, dit-on, sa manie:
Pouvais-je l'empêcher?...

BLAINVIL (reprend son caractère).

Un conciliateur
Annonce un esprit droit aussi bien qu'un bon cœur.
« Puissent tous les époux, dans leurs momens d'orage (1),
» De plaintes, de regrets, trouver un ami sage
» Qui, balançant leurs torts, ainsi que leurs vertus,
» Ramène l'équilibre en leurs cœurs combattus! »

FABRICE (fait un geste pour retourner.)

Je puis bien retourner.

BLAINVIL (plus calme).

Non, non, je suis tranquille,
Je respecte un devoir aussi noble qu'utile....
(Il change de ton.)
Angélique est venue.

FABRICE (charmé).

Ah! j'en suis enchanté.
Vous avez admiré son ingénuité,
Sa grâce, sa candeur.... et ses traits?

BLAINVIL.

A sa vue,
Je me suis attendri, mon âme s'est émue,
Et pour ne pas céder au trouble de mes sens,
Moi, je l'ai repoussée.

FABRICE.

O ciel!

---

(1) On passe ces quatre vers à la représentation.

BLAINVIL.

Je m'en repens.
Chère enfant, j'en gémis, tu m'appelles ton père,
Et je ferme les bras!... Elle craint ma colère;
Elle a versé des pleurs; mais va la consoler;
Dis-lui bien que jamais Blainvil n'en fait couler.

FABRICE (empressé).

Mon cher maître, j'y cours.... réparons l'injustice.

BLAINVIL (affecté, à Fabrice qui sort).

Tu viendras me chercher dans le jardin, Fabrice,
Quand Dorval....

FABRICE (en sortant, avec chaleur).

A l'instant.

(Blainvil sort le dernier, par le jardin, et se trouve arrêté par Araminthe et Valmont.)

SCENE VI.

BLAINVIL, ARAMINTHE, VALMONT.

[Scène de dissimulation.]

(Blainvil est très-embarrassé : il se trouve entre Araminthe et Valmont, qui le flattent de toutes les manières.)

ARAMINTHE.

A peine dans ces lieux,
Vous songez à partir?

BLAINVIL.

Tout attriste mes yeux
Ainsi que ma pensée !

VALMONT.

Acceptez, je vous prie,
Pour calmer vos regrets, votre mélancolie,
Les soins de l'amitié.

BLAINVIL.

Les soins de l'amitié !

ARAMINTHE.

Vous paraissez surpris !

BLAINVIL.

Mais je suis oublié,
Et depuis si long-temps, que cette offre m'étonne.

ARAMINTHE (*vivement*).

Vous, mon oncle, oublié !

VALMONT.

Mon oncle nous soupçonne !

ARAMINTHE.

Il refuse de croire à tous nos sentimens !

VALMONT.

Nous jurons !

BLAINVIL.

L'amitié repousse les sermens.

VALMONT.

Que de fois j'ai voulu, dans mes goûts pour l'étude,
Me retirer au sein de votre solitude!

ARAMINTHE.

Je trouve, comme vous, un charme pour le cœur,
A vivre dans les champs.... c'est là le vrai bonheur.

VALMONT.

Fidèle à la nature, elle vous récompense.
Fatigués du tableau d'une vaine opulence,
A Paris, chaque jour, nous formons des projets.

BLAINVIL.

Et quels sont ces projets?

ARAMINTHE.

De vivre désormais
Près d'un oncle chéri.

VALMONT.

Sans trouble, sans nuage;
Notre communauté devient un bon ménage,
Où les soins, les égards, les devoirs, les plaisirs,
Par leur accord charmant, comblent tous nos désirs.

BLAINVIL (étonné, à part).

Fabrice est abusé!

VALMONT.

Votre philosophie
Se grave dans nos cœurs et charme notre vie.

ARAMINTHE (*vivement*).

Par les liens du sang nous serons tous unis :
Ma sœur prend pour époux notre cousin Forlis;
Moi, j'épouse Valmont.... Ce double mariage....

BLAINVIL.

Angélique devait....

VALMONT.

Mon oncle, il est un âge
Où de nos passions l'invincible pouvoir
Nous écarte souvent des règles du devoir.
Forlis cède à l'amour en épousant Rosine :
Est-on maître de soi ? Notre jeune cousine,
Modèle de vertus, de grâces, de candeur,
Digne du plus beau sort, a su toucher son cœur.
L'amour est une erreur, mais elle est excusable.

BLAINVIL.

Ici, je ne vois rien que de très-raisonnable.

VALMONT.

Il s'agit d'être heureux !

ARAMINTHE.

Il est si doux d'aimer
L'être que la raison nous force d'estimer !

BLAINVIL (*à Araminthe, avec inquiétude*).

Que devient Angélique ?

ARAMINTHE.

Ah ! la délicatesse
Nous impose un devoir.

BLAINVIL (avec chaleur).

Expliquez-vous, ma nièce.

VALMONT.

Il faut qu'un voile épais sépare du grand jour
Ce qui blesse les yeux.

BLAINVIL (vivement).

Parlez-moi sans détour.

ARAMINTHE.

Chérissons cet enfant.

VALMONT.

Mais cachons sa naissance.

ARAMINTHE.

Le monde est si méchant....

(Les traits de Blainvil changent.)

VALMONT.

Par devoir, par prudence...
La mémoire d'un oncle est pour nous d'un grand prix,
On pourrait la fronder.

BLAINVIL.

Je suis un peu surpris
De la réflexion.

ARAMINTHE.

Nous taire est le plus sage.

BLAINVIL (à part).

Fabrice était instruit.... j'en juge à leur langage.

ARAMINTHE.

On lui donne un état.

BLAINVIL (surpris).

Un état, c'est fort bien.

ARAMINTHE.

Vous approuvez ?

BLAINVIL (à Araminthe).

J'entends ne me mêler de rien....
De tout arrangement je vous laisse maîtresse ;
Je vous laisse le soin de guider sa jeunesse :
D'éclairer sa raison, de faire son bonheur.

ARAMINTHE (regarde Valmont).

Je saurai mériter une telle faveur.

BLAINVIL. (Il veut sortir et revient.)

Songez tous deux aux soins donnés à votre enfance ;
Honorez le bienfait par la reconnaissance ;
Que tout ingrat se trouble et rougisse à vos yeux.
(A part.)
Ah ! je voudrais pouvoir les trouver vertueux !

VALMONT (vivement).

Permettez-vous, mon oncle, en cette grande affaire,
Que Forlis soit chargé d'entendre le notaire,
De discuter les points les plus minutieux ?
C'est un calculateur.

ARAMINTHE.

Homme très-précieux.

VALMONT.

Et si Dorval abuse.... on peut....

BLAINVIL (en sortant).

J'ai pour système
D'écarter le soupçon, de juger par moi-même :
Un seul mot m'apprendra s'il est homme d'honneur.
Quand je juge quelqu'un, j'interroge son cœur :
L'homme sensible, humain, obtient ma confiance;
J'ai vu depuis long-temps, et par l'expérience,
Que la vertu, la foi, l'honneur, la probité,
Ont toujours pour garant la sensibilité.

(Il sort gravement.)

SCENE VII.

VALMONT, ARAMINTHE. (Ils rient tous les deux.)

ARAMINTHE.

Est-il assez plaisant?

VALMONT.

Jamais sage de Grèce
N'a donné plus d'éclat, de pompe à la sagesse....

(A Araminthe en riant, et en lui baisant la main.)

Je suis content de vous.

ARAMINTHE.

J'ai rempli votre espoir?

VALMONT.

Vous avez de l'esprit, et vous le faites voir.

SCENE VIII.

ARAMINTHE, ROSINE, VALMONT, ANGÉLIQUE.

(Angélique suit d'un peu loin.)

ROSINE (à Araminthe).

Angélique se plaint, elle est dans la tristesse.
Je dois vous l'avouer, son état m'intéresse.
Quel est votre dessein? Expliquez-vous, ma sœur.

ARAMINTHE.

Ah! faut-il m'expliquer?.... est-ce un point de rigueur?

ROSINE.

Je demande pour elle au moins de l'indulgence.

ARAMINTHE.

Approchez, Angélique, un peu de confiance;
Je vous suis attachée, et je le prouverai.

ROSINE (à part).

Le bel attachement!

ANGELIQUE (avec douceur).

Je vous obéirai.

VALMONT (à part).

Elle est intéressante!

ARAMINTHE.

Il faut, ma chère amie,
Songer à l'avenir.... Les beaux jours de la vie
Ne durent qu'un moment.... Qui sait en profiter,
Pour assurer son sort, n'a rien à regretter.

ANGÉLIQUE (avec confiance).

Cousine, vos conseils me rappellent sans cesse
Tous ceux que j'ai reçus dès ma tendre jeunesse.
Seule, je ne puis rien : il me sera bien doux
De les suivre toujours, d'être heureuse par vous.

ARAMINTHE.

Vous pouvez espérer....

ANGÉLIQUE (charmée).

Oh! oui, mon cœur espère
Mériter vos bontés : parlez, que dois-je faire?

ARAMINTHE.

Je vous donne un état.... Dès demain, mon enfant,
Vous partez pour Lyon; c'est un point important.

(Angélique se trouble).

Mais pourquoi vous troubler? ce premier sacrifice
Fera votre bonheur.... Vous me rendrez justice.

ROSINE.

On saura tout prévoir.

ARAMINTHE.

Et vous aurez encor
Une rente assez forte.

ANGÉLIQUE.

Ah! que m'importe l'or?

(Elle est frappée du portrait de son père.)

J'ose vous demander une grâce dernière,
Madame, accordez-moi le portrait de mon père....

Ne me refusez pas.... Laissez-moi le bonheur
De placer chaque jour ce portrait sur mon cœur.

ARAMINTHE. (Valmont lui fait signer de céder.)

Il est à vous.

ANGÉLIQUE (s'élance pour le prendre, et le couvre de baisers).

Alors, je bénis mon partage:
Ce portrait-là vaut plus que tout votre héritage.

SCENE IX.

ARAMINTHE, ROSINE, VALMONT.

(Araminthe et Rosine sont consternées.)

VALMONT (à part.)

D'UN sentiment si beau je suis vraiment ému!

(A Araminthe et à Rosine.)

Quel changement soudain! un air triste, abattu!

ARAMINTHE.

Le souvenir d'un oncle!

VALMONT.

En cette circonstance
Les regrets sont dictés par la reconnaissance;
Mais il faut se soumettre.

ROSINE.

Il a tout fait pour nous;
Devons-nous l'oublier?

VALMONT.

A qui le dites-vous !
L'oublier ! non, jamais, et voulez-vous m'en croire ?
Par un noble tribut, honorons sa mémoire :
Allons trouver Forlis, et donnons, en ce jour,
A la jeune orpheline une preuve d'amour.

FIN DU QUATRIEME ACTE.

ACTE CINQUIEME.

SCENE PREMIERE.

BLAINVIL, FABRICE. (Ils entrent par le jardin.)

FABRICE.

Je vous cherche au jardin depuis assez long-temps.

BLAINVIL.

Et Dorval?

FABRICE.

Il est là.

BLAINVIL.

Qu'il vienne, je l'attends.

FABRICE.

J'ai rempli vos désirs auprès de votre nièce.

BLAINVIL.

Eh bien?

FABRICE.

On la traite si mal! J'ai pris sur vos neveux
D'autres renseignemens, et j'en rougis pour eux.
Il n'en est qu'un d'honnête, et c'est monsieur Valère.

BLAINVIL.

Il est le plus heureux... Fais entrer le notaire;
Je ne veux rien savoir.

FABRICE.

Comment! ne rien savoir!
Mais je dois vous parler... Pour moi, c'est un devoir;
Ce qui se passe ici me tourmente, m'afflige;
Vous serez indigné.

BLAINVIL.

Va, laisse-moi, te dis-je.

FABRICE.

Je ne puis.

BLAINVIL (s'assied près du bureau).

Je le veux.

FABRICE (fait un pas en arrière).

Allons, retirons-nous.

(Il s'approche de Blainvil.)

.... Il s'agit d'un enfant qui n'espère qu'en vous.

BLAINVIL (ému).

Tu parles d'Angélique ?

FABRICE.

Avant votre assemblée,
Elle voulait vous voir... Son âme était troublée,
J'ai vu couler ses pleurs, et pour vous j'ai promis.

BLAINVIL (à part).

Eh ! quoi, nos héritiers sont-ils nos ennemis !

FABRICE.

Et savez-vous, monsieur, quelle dot on lui donne ?
Le portrait de son père !... ensuite on l'abandonne.

BLAINVIL (indigné).

Ensuite on l'abandonne !

FABRICE.

Oui, le fait est certain,
Si vous partez ce soir, on la chasse demain.

BLAINVIL (en lui-même).

Et voilà donc le prix de tant de bienfaisance !
Ils étaient tous, sans lui, plongés dans l'indigence !

Il descend au cercueil, et de si grands bienfaits
N'obtiennent pas un jour de larmes, de regrets!
L'ingratitude est-elle une preuve certaine
Qu'il n'est rien de parfait dans la nature humaine?
Ce serait l'outrager : les cœurs froids et pervers
N'entrent point dans le plan de ce bel univers.

FABRICE.

Eh bien! n'ayez pour eux ni bonté, ni tendresse,
Et pour les punir tous, adoptez votre nièce :
Un père de famille a bien des jours heureux;
Auprès de ses enfans, il est enfant comme eux.
Un rien le réjouit, charme son caractère;
Dites un mot, monsieur, et vous devenez père;
Votre nièce, à l'instant vous donne un nom si doux;
Par elle tout s'anime et change autour de vous.

BLAINVIL.

Je ne veux point troubler la fin de ma carrière.

FABRICE.

Un ami doit toujours fermer notre paupière!

BLAINVIL (attendri se retourne).

Eh! n'es-tu pas le mien?

FABRICE.

Vous me l'avez permis;
Mais nos enfans, monsieur, sont plus que nos amis.

BLAINVIL.

Tu me presses toujours!

FABRICE.

C'est qu'il m'est impossible
(Blainvil est surpris.) (Fabrice en le regardant avec émotion.)
De ne pas vous presser. Près d'un homme sensible,
Notre premier désir est pour les malheureux.

BLAINVIL (lui prend la main).

Va, ne te fâche point...... servons-les tous les deux,
Je te promets.

(Angélique paraît.)

SCÈNE II.

(Cette scène n'est pas la même que celle du quatrième acte; la gradation des sentimens s'est fait sentir. On aperçoit à l'expression de Blainvil, qu'il est sur le point d'être vaincu. Son cœur doit toujours s'exprimer.)

BLAINVIL, FABRICE, ANGÉLIQUE.

FABRICE.

MONSIEUR, Angélique s'avance.

BLAINVIL (accablé.)

Ménage-moi, Fabrice!

FABRICE.

Un peu de complaisance.
Ne la brusquez pas trop..... Une nièce, un neveu,
Sont presque des enfans.

ANGÉLIQUE.

C'est un dernier adieu,
Que je viens adresser au frère de mon père!

FABRICE (à demi-voix à Blainvil).

C'est un dernier adieu..... Ne soyez pas sévère!
Elle est triste et timide.

BLAINVIL (la regarde).

Eh! pourquoi cet adieu?

ANGÉLIQUE (avec timidité).

On me chasse, monsieur, de ce paisible lieu.

BLAINVIL (indigné, à part).

On vous chasse!

ANGELIQUE.

Un seul jour m'a ravi la tendresse,
Le cœur de mes parens.

FABRICE (à Blainvil).

Combien elle intéresse!

BLAINVIL.

(A Angélique.)

Angélique!.... attendez.

ANGELIQUE.

Et vous partez ce soir!

(Blainvil paraît enchanté de ce mot.)

FABRICE.

En ces lieux, sans appui, quel serait son espoir?

BLAINVIL (après un moment de silence).

Angélique......

ANGÉLIQUE.

Monsieur.

BLAINVIL.

Aurez-vous le courage
De braver le malheur?

ANGÉLIQUE.

Oui, monsieur.

BLAINVIL.

A votre âge,
On connaît peu les biens qui nous rendent heureux.

ANGÉLIQUE.

Votre amitié, monsieur, comblerait tous mes vœux.

BLAINVIL.

(A Fabrice, à part.) (A Angélique.)

Sa réponse me charme!.... En cette circonstance,
Peut-être accusez-vous quelqu'un d'indifférence?

ANGÉLIQUE (surprise, avec âme).

Moi!....

BLAINVIL.

Mon frère.....

ANGÉLIQUE.

Il a fait le bonheur de mes jours.

BLAINVIL.

(A part.) (A Angélique.)

Fort bien;...mais ses neveux?

ANGÉLIQUE.

Je les aime toujours.

BLAINVIL (enchanté, à part.)

Voilà bien la nature!

ANGÉLIQUE (avec timidité).

Ah! si, sans vous déplaire,
J'osais vous demander une faveur bien chère.....

(On aperçoit qu'elle désire l'embrasser. Elle embrasse sa main et sur le point de s'éloigner, elle dit avec émotion.)

Je puis recommencer, c'est la dernière fois.

(Ici Blainvil la presse dans ses bras).

BLAINVIL (essuie ses yeux).

Je veux dans ce château, rester encore un mois.

ANGÉLIQUE.

J'y serai près de vous?

BLAINVIL.

Oui, mon enfant.

FABRICE.

J'espère
Que son oncle, bientôt, lui servira de père.

ANGÉLIQUE.

J'ai donc un protecteur !

BLAINVIL.

Depuis plus de quinze ans,
Non, je n'ai pas reçu de tels embrassemens !

(Il paraît accablé.)

FABRICE.

Qu'il est doux d'être aimé !

BLAINVIL (ému).

Lorsque je l'envisage,
De mon malheureux frère, elle m'offre l'image......

(Après un moment de silence.)

Cette épreuve est trop forte !

(Il se retire près de la table, tombe avec émotion sur le fauteuil, et paraît hors de lui.)

FABRICE (qui voit Blainvil troublé, dit à Angélique à demi-voix).

Allons, retirez-vous.

(Elle se retire.)

Je rends grâces au ciel, la victoire est à nous !

ANGÉLIQUE (sort avec un air très-heureux).

Ah ! son émotion dissipe mes alarmes.
Il ne me chasse pas puisqu'il verse des larmes.

(Elle sort.)

SCENE III.

BLAINVIL, FABRICE.

FABRICE.

Vous venez de céder au cri de votre cœur,
Et vous avez joui d'un moment de bonheur!
Non l'homme n'est pas fait pour vivre solitaire.

BLAINVIL.

Mais tu connais mes goûts, mes mœurs, mon caractère?

FABRICE.

Par vos dons chaque jour vous faites des heureux;
Soyez heureux vous-même en vivant avec eux.

BLAINVIL.

Mais qui vient me trouver?

FABRICE.

Monsieur, c'est le notaire.

BLAINVIL (satisfait).

Ah! je respire enfin!

SCENE IV.

BLAINVIL, FABRICE, DORVAL, ARAMINTHE, ROSINE, VALMONT, FORLIS, VALÈRE, UN OU DEUX VALETS.

(Valère entre par une porte opposée. Dorval s'approche d'une table que l'on met au milieu. Blainvil reste près de son bureau. Tous prennent place dans l'ordre indiqué par la scène. Blainvil a l'air on ne peut plus gêné et troublé. A la gauche du notaire se trouvent Forlis, Valmont, Araminthe et Rosine, assis. A la droite, et assez loin, Blainvil assis, et Fabrice debout, Valère entre le notaire et son oncle, debout; ensuite Angélique vient à côté du notaire. Elle se tient de bout; Thérèse est auprès d'elle.)

DORVAL (en saluant Blainvil).

Je vois en vous le frère
Du défunt?

BLAINVIL (froidement).

Oui, Monsieur.

(Dorval paraît surpris de cette brusquerie.

Voici donc le moment
De juger tous les cœurs!

DORVAL (à Blainvil).

Ce triste événement
Cause de grands chagrins!

BLAINVIL (toujours brusquement, et cherchant ses pensées).

Monsieur, c'est très-possible.

DORVAL (à part).

(A part.)

Me serais-je abusé ?..... Serait-il insensible ?

(A Blainvil, en arrangeant ses papiers).

Il vous aimait beaucoup.

BLAINVIL (de même).

Monsieur, allons au fait.

VALMONT (à Araminthe).

Notre cher philosphe en veut à l'intérêt.

DORVAL.

(A part.) (A Blainvil.)

Ce n'est qu'un égoïste..... Une amitié sincère

M'unissait, dès long-temps, à monsieur votre frère.

BLAINVIL.

Tant pis pour vous, monsieur !

DORVAL.

J'ai d'autres sentimens!

BLAINVIL.

Qui perd un ami vrai, doit le pleurer long-temps!

DORVAL.

On chérit et l'on plaint son estimable fille!

FORLIS.

Que revient-il, monsieur, à toute la famille?

BLAINVIL.

Cet ingrat se trahit.

DORVAL (en lisant un papier).

Douze cents mille francs.....

(Il regarde autour de lui.)

Les héritiers, messieurs, sont tous ici présens?

FORLIS.

Oui, monsieur.

DORVAL (regarde).

Mais je cherche en vain la demoiselle.

(A un valet, qui sort au même instant.)

Dites-lui qu'en ces lieux sa famille l'appelle.....
Elle est au premier chef.....

VALMONT (surpris).

Quels sont ses droits?

DORVAL.

L'honneur
Répond ici pour moi..... Songez à son malheur,
Et songez à son père!

ARAMINTHE.

Elle verra qu'on l'aime.

VALMONT.

Tout est prévu, monsieur.

ARAMINTHE.

Et notre oncle lui-même
Approuve nos desseins.

DORVAL.

Et l'hymen arrêté
Par Ergaste, messieurs?

BLAINVIL (fortement).

Si je suis consulté,
D'après ce qui se passe, il devient impossible.

(A part, avec âme.)

L'ingrat méritait-il un être aussi sensible!

DORVAL.

Votre frère voulait.....

BLAINVIL.

Eh! mon frère avait tort.

DORVAL.

Mais, monsieur.

BLAINVIL.

Mais, monsieur, quand il s'agit du sort
D'un être quel qu'il soit, l'homme prudent et sage
Ne dit jamais: je veux, et dans le mariage,
L'accord des sentimens fait les heureux époux.

VALMONT.

La raison le proclame.

FORLIS (charmé).

Et nous le pensons tous.

DORVAL (surpris à part).

C'est un ingrat de plus..... tout devient inutile!

SCENE V.

BLAINVIL, FABRICE, DORVAL, ARAMINTHE, ROSINE, VALMONT, FORLIS, VALÈRE, ANGÉLIQUE, THÉRÈSE.

(On fait ici un tableau général. Angélique doit se trouver comme une victime, entre Valère et le notaire.)

DORVAL.

Vous voyez cet enfant, désormais sans asile:
Son père fut votre oncle et votre bienfaiteur,
Il ne parlait de vous qu'avec l'accent du cœur.

Quand il laisse sa fille au sein de l'indigence,
Et privée à jamais des droits de la naissance,
Que lui réservez-vous?

VALERE.

Je ne suis pas heureux;
Mais si jamais le ciel favorise mes vœux.....
Je n'ai pas oublié les bienfaits de son père.

BLAINVIL (à part).

Et voilà le méchant que repoussait mon frère.

THÉRESE.

Parlez-moi d'un cousin si bon, si vertueux!

FORLIS.

Qui n'a rien à donner, est toujours généreux.

VALMONT.

En promesses, monsieur, vous êtes magnifique.
Mais ce pompeux éclat, qu'est-il pour Angélique,
Si le fait à l'instant ne suit l'intention?

FORLIS (tient un papier).

Nous prouvons notre zèle en cette occasion:
Ce contrat lui promet douze cents francs de rente.

BLAINVIL (à part).

Un procédé si noble est selon mon attente.

VALMONT (à Blainvil).

Dans cet arrangement vous entrez avec nous?

ARAMINTHE.

Chacun a fait sa part et son sort est plus doux.

FORLIS.

Une rente, un état.

BLAINVIL.

Vraiment je vous admire !

THÉRESE.

Ah ! les mauvais parens !

VALMONT.

Désirez-vous souscrire?

BLAINVIL (avec un grand sang-froid).

Je n'ai rien à donner.

(Surprise générale.)

ARAMINTHE.

Mon oncle, ce bienfait
Assez légèrement touche votre intérêt.

VALMONT.

Il est doux d'obliger.....

BLAINVIL.

De quel droit, à quels titres,
De son sort, aujourd'hui, serions-nous les arbitres?

VALMONT (avec un calme ironique).

Tous nos droits sont connus.

BLAINVIL.

Les siens le sont aussi.

FORLIS.

Nous sommes héritiers.

BLAINVIL.

Elle est maîtresse ici.

(Tous se lèvent.)

ARAMINTHE (à Valmont).

Maîtresse !.... que dit-il?

FORLIS.

Mais dans cet héritage.....

BLAINVIL.

Ingrats, vous n'avez rien.

VALMONT (étonné).

Quel étrange langage!

BLAINVIL.

Non, rien, vous dis-je, rien..... Ce dépôt précieux,

(En regardant Valère, Thérèse et le notaire.)

Détruit tout votre espoir..., et comble tous vos vœux.

(Angélique passe de son côté.)

DORVAL (en remettant un papier à Angélique).

Cette lettre est pour vous.

ANGÉLIQUE (couvre la lettre de baisers).

Elle vient de mon père,

Ah! le ciel me devait une faveur si chère.

(Elle lit.)

« Angélique, le plus sincère des amis te remettra cette lettre » et l'écrit qu'elle renferme. Je l'ai chargé de ce dépôt pour » en faire usage si le sort disposait de ma vie...

(Elle ne peut continuer.)

Je ne puis résister au trouble de mes sens!

VALERE (prend la lettre et lit).

« C'est aux vertus de mon frère que je dois le bonheur de te » nommer ma fille. C'est au pied des autels, sous le ciel de » l'Inde, que je reçus la bénédiction nuptiale. J'ai payé, du » plus grand sacrifice, l'outrage fait à l'autorité paternelle. » Malheur à qui la trahit!.... Pendant quinze ans, j'ai caché » la naissance de mon Angélique.... Reçois le digne tuteur que

» t'accorde ma tendresse : sois mon héritière, mais pour » rendre heureuse ta famille, pour prévenir ses besoins, et » toujours essuyer ses larmes. »

ANGÉLIQUE (se jette dans les bras de son oncle).

J'avais donc des amis, j'avais donc des parens.

DORVAL (tient un papier).

Ces titres, ce contrat, règlent sa destinée.
Angélique est le fruit d'un secret hyménée:
Rien ne peut altérer la force de ses droits,
Elle a pour elle, ici, la nature et les lois.

FABRICE (à Blainvil).

Et moi qui vous pressais de lui servir de père.

BLAINVIL.

Je t'en sais bien bon gré.

VALMONT (bas à Araminthe).

Montrons du caractère.

ARAMINTHE.

Il faut nous éloigner.

ANGÉLIQUE (en s'approchant d'Araminthe).

Ne me quittez jamais.

ARAMINTHE.

Héritez, mon enfant, et gardez vos bienfaits.

(Ici Blainvil la prend par le bras avec chaleur, et l'éloigne de ses parens.)

VALMONT.

Le sort nous a séduits par un brillant mensonge,
Tout enchantait nos yeux, et ce n'était qu'un songe.

(Ils sortent.)

SCENE VI.

BLAINVIL, DORVAL, VALERE, ANGÉLIQUE, THÉRESE, FABRICE.

FABRICE.

Les voilà tous partis.

THÉRESE (en les regardant).

Quelle était mon erreur!
Mais on peut bien juger les autres par son cœur.

ANGÉLIQUE (En lui prenant la main).

Et le tien est si bon!

DORVAL (à Blainvil).

Mais pourquoi ce mystère?

BLAINVIL.

Pour remplir en tuteur la volonté d'un père;
Pour donner à ma nièce, à l'ombre du malheur,
Un époux digne d'elle, un noble protecteur,
Epris de ses vertus et non de sa richesse;
Heureuse on la flattait et pauvre on la délaisse:

(A Angélique)

Mais j'estime Valère, accorde-lui ta main,
Lui seul n'a point trahi les droits du cœur humain;
Ces droits chers et sacrés, charme de l'innocence,
Repos de l'infortune et sa seule espérance.
Ensemble nous vivrons comme de bonnes gens.

ANGÉLIQUE.

Mais nous visiterons, mon oncle, tous les ans,
Le lieu de ma naissance.

BLAINVIL.

Oui, ce petit voyage
Sera de l'amitié le doux pèlerinage.
Valère, tu suivras le chemin de l'honneur.
Quand un siècle commence avec tant de splendeur,
Au milieu des héros si chers à la victoire,
L'homme doit respirer le besoin de la gloire.

ANGÉLIQUE.

Je serai votre fille, et pourrai, chaque jour,
D'un père qui n'est plus trouver en vous l'amour.

FIN DU CINQUIÈME ET DERNIER ACTE.

www.ingramcontent.com/pod-product-compliance
Lightning Source LLC
LaVergne TN
LVHW020319230826
846091LV00003B/728

9782329063287